地图上的水浒传

第二册

星球地图出版社
STAR MAP PRESS

图书在版编目（CIP）数据

地图上的水浒传 / 许盘清主编；星球地图出版社编著. -- 北京：星球地图出版社，2025.1--（带着地图读四大名著）.

ISBN 978-7-5471-3086-5

Ⅰ．①地… Ⅱ．①许… ②…星 Ⅲ．①中国文学－名著－通俗读物 Ⅳ．① I207.412

中国国家版本馆 CIP 数据核字第 20242AS930 号

地图上的水浒传（第二册）

出版发行	星球地图出版社
地址邮编	北京市海淀区北三环中路69号 100088
网　　址	www.starmap.com.cn
印　　刷	廊坊一二〇六印刷厂
经　　销	新华书店
开　　本	185毫米×260毫米 16开
印　　张	8.5
版　　次	2025年1月第1版
印　　次	2025年1月第1次印刷
审 图 号	GS（2024）4155号
定　　价	218.00元（套装4册）

联系电话：010-82028269（发行）、010-62272347（编辑）

版权所有 侵权必究

凌振 侯健

编 纂 委 员 会

罗先友	人民教育出版社，原副社长，编审，文学博士，原《课程·教材·教法》和《小学语文》主编
纪连海	北京师范大学第二附属中学，高级教师（历史），CCTV《百家讲坛》主讲嘉宾
赵玉平	中国传媒大学经济管理学院，教授，CCTV《百家讲坛》主讲嘉宾
李小龙	北京师范大学文学院，教授，副院长，博士生导师
许盘清	上海大学文学院，教授；自然资源部海洋发展战略研究所，特聘研究员
朱 良	北京师范大学地理科学学部，副教授，《地图学》精品课程主讲教师
左 伟	中国地图出版社，原核心编辑，编审，地理学博士
陈 更	北京大学，博士，CCTV《中国诗词大会》第四季总冠军，山东卫视《超级语文课》课评员
左 栋	自然资源部地图技术审查中心，高级工程师（地图制图学与地理信息工程）
郗文倩	杭州师范大学人文学院，教授，博士生导师
李 园	南京师范大学教师教育学院，教师教育实训中心副主任
李兰霞	北京交通大学语言与传媒学院，副教授，硕士生导师
吴晓棠	南京师范大学教师教育学院，讲师
王 兵	南京市教学研究室，历史教研员，高级教师（语文）
杨 俊	无锡市锡山区教师发展中心，教研室副主任，高级教师（语文）
陈 娟	江苏省新海高级中学，副校长，正高级教师（语文）
贺 艳	深圳市龙岗区南师大附属龙岗学校，副校长，高级教师（语文）
陈启艳	湖北省宜昌市外国语初级中学，正高级教师（语文）
冒 兵	南京航空航天大学苏州附属中学，正高级教师（语文），江苏省教学名师，苏州市学科带头人
陈剑峰	南通市第一初级中学，正高级教师（语文）
王 辉	湖北省宜昌市外国语初级中学，高级教师（信息技术）
刘 瑜	江苏省天一中学，高级教师（语文），无锡市学科带头人
刘期萍	深圳市龙岗区南师大附属龙岗学校，教学处副主任
万 航	湖北省宜昌市外国语初级中学，高级教师（地理）

编 辑 部

策　　划：王俊友、赵泓宇
原　　著：施耐庵
地图主编：许盘清、许昕娴
撰　　文：胡小飞
责任编辑：王俊友
统筹编辑：姬飞雪
地图编辑：刘经学、杨　曼、高　芳
文字编辑：李婧儿、肖婷婷
插　　画：张　琳
装帧设计：今亮后生
审　　校：李婧儿、高　畅、刘经学、杨　曼、黄丽华
外　　审：罗先友、纪连海、赵玉平、李小龙、郗文倩、陈　更、李兰霞
审　　订：郝　刚、左　伟

目录

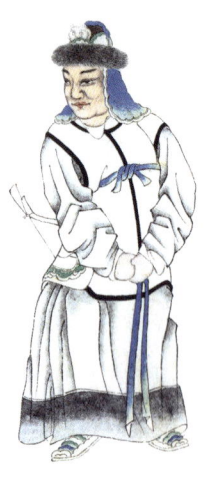

第三十一回	张都生血溅鸳鸯楼	002
第三十二回	武行者邂逅及时雨	007
第三十三回	看灯山刘高捉宋江	012
第三十四回	助山寨秦明反青州	015
第三十五回	石勇传信宋江奔丧	018
第三十六回	吴用说情李俊救场	023
第三十七回	宋公明揭阳屡遭难	027
第三十八回	黑旋风水里斗张顺	032
第三十九回	浔阳楼宋江题反诗	035
第四十回	梁山泊好汉劫法场	038
第四十一回	黑旋风活剐黄文炳	041
第四十二回	宋公明探亲得天书	047
第四十三回	假李鬼遇上真李逵	051
第四十四回	病关索长街遇石秀	054
第四十五回	翠屏山杨雄怒杀妻	059

第四十六回	鼓上蚤惹祸祝家店	063
第四十七回	宋公明一打祝家庄	066
第四十八回	宋公明二打祝家庄	070
第四十九回	病尉迟舍官救二解	074
第五十回	宋公明三打祝家庄	079
第五十一回	美髯公仗义放雷横	084
第五十二回	小旋风身陷高唐州	088
第五十三回	戴院长智请公孙胜	092
第五十四回	破高廉李逵救柴进	097
第五十五回	呼延灼发兵讨梁山	101
第五十六回	鼓上蚤盗甲引徐宁	104
第五十七回	钩镰枪大破连环马	107
第五十八回	打青州众虎归水泊	112
第五十九回	借仪仗宋江破华州	117
第六十回	晁天王发兵曾头市	121

第三十一回

张都监血溅鸳鸯楼

> **点 题**
>
> 面对三番五次要置自己于死地的仇人，武松再也抑制不住心中的怒火，动了杀心。

施恩请两个公差（chāi）喝酒，并送银子给他们。谁知那两个公差都不肯接受，只是恶言恶语催武松快走。施恩便拿出两件棉衣和一兜银子，包好拴在武松腰里，又把两只熟鹅挂在武松的行枷上，并附耳低声告诉武松，这两公差不怀好意。武松说自己知道了。施恩哭着离去了。

武松和那两个公差走了一段路后，看见那两公差在悄声说话，武松心中冷笑。用手撕下熟鹅，自顾自地吃了起来。又走一会儿，只见前面路旁出现两个大汉，手提朴刀。这二人与两个公差互使了眼色，然后跟在三人后面。这五人又走了几里，来到一条大河边，只见河上有座桥，牌楼上写"飞云浦（pǔ）"三字。

上了桥，武松说："我要解手。"那两个提朴刀的就赶上来。武松一脚先踢中一个，将他踢进水中。另一个转身想跑，武松又一脚，这个也被踢进了水里。两个公差大惊，慌忙往桥下跑。武松一使劲，把枷索挣开，快步赶上，把两个公差结果了性命。

那两个被踢下水的大汉挣扎游到岸边，正要逃走，武松追了上去先砍翻一个，再揪住另一个，问他们的来路。那大汉说他们是蒋门神的徒弟，奉师傅和张团练的命令，来跟公差一起杀害武松。武松又问蒋门神现在在哪里？那大汉说蒋门神和张团练在张都监家喝酒。

武松一刀把那大汉杀了，给自己挑了一把好腰刀，站在桥上思量："我虽然杀了这四个贼男女，但是如果不杀了张监督、张团练、蒋门神，如何能出这口恶气！"他犹豫了半晌后，他便提着朴刀，向孟州城奔去。

武松入城之后，径直前往张都监的后花院。他在墙外，碰着了后槽，便逼问后槽张都监等人的去向。在得知张都监等人去了鸳鸯楼后，武松便杀了后槽。此时武松已经被仇恨蒙蔽了心智，他翻墙，跳入张都监的家，见一个杀一个，不留活口。他杀了两个烧火丫头，然后来到鸳鸯楼，一刀剁翻蒋门神，又一刀结果了张团练。见武松一刀砍来，张都监慌忙抓过一把椅子来挡，被武松就势一推，连人带椅倒在地上。武松上前一刀割了张都监的人头。

武松见桌上有酒有肉，便拿起酒杯，连喝了几杯酒，然后在死尸身上割下一片衣襟（jīn），蘸（zhàn）着鲜血，在墙上写下："杀人者打虎武松也。"下楼时，武松又把都监夫人、两个军士、两三个仆妇包括玉兰，全都杀了。这次在张家被杀的人连同飞云浦河边四人，一共是十九条人命。

武松离开张家，来到城边，翻过城墙，脱了鞋袜，越过护城河，往东边小路走去，天朦朦亮时，武松因走了一夜未合眼，望见前面有座小庙，便进去躺倒就睡，醒来却发现自己被绑在一根柱子上。

幸好这里是张青的又一处酒店。张青夫妇见了武松便问武松怎么到了这里。武松把自己醉打蒋门神到血溅鸳鸯楼的经过说了一遍。张青让武松好好睡一觉，然后等武松醒来后，又拿来美味佳肴（yáo）款待武松。

天亮后，官府到处捉拿武松。张青让武松上二龙山去投奔鲁智深、杨志。武松说："这是最好的选择了。大哥，你写一封信给我，我今天就去。"

为了让武松成功摆脱官府的追捕，孙二娘拿出以前蒙汗药蒙翻的头陀（tuó）的僧衣让武松换上，为武松散开头发，戴上铁戒箍（gū），遮住脸上的刺字，把镔（bīn）铁打造的双戒刀也给了武松，武松就这样扮成了行者，往二龙山投奔鲁智深和杨志去了。

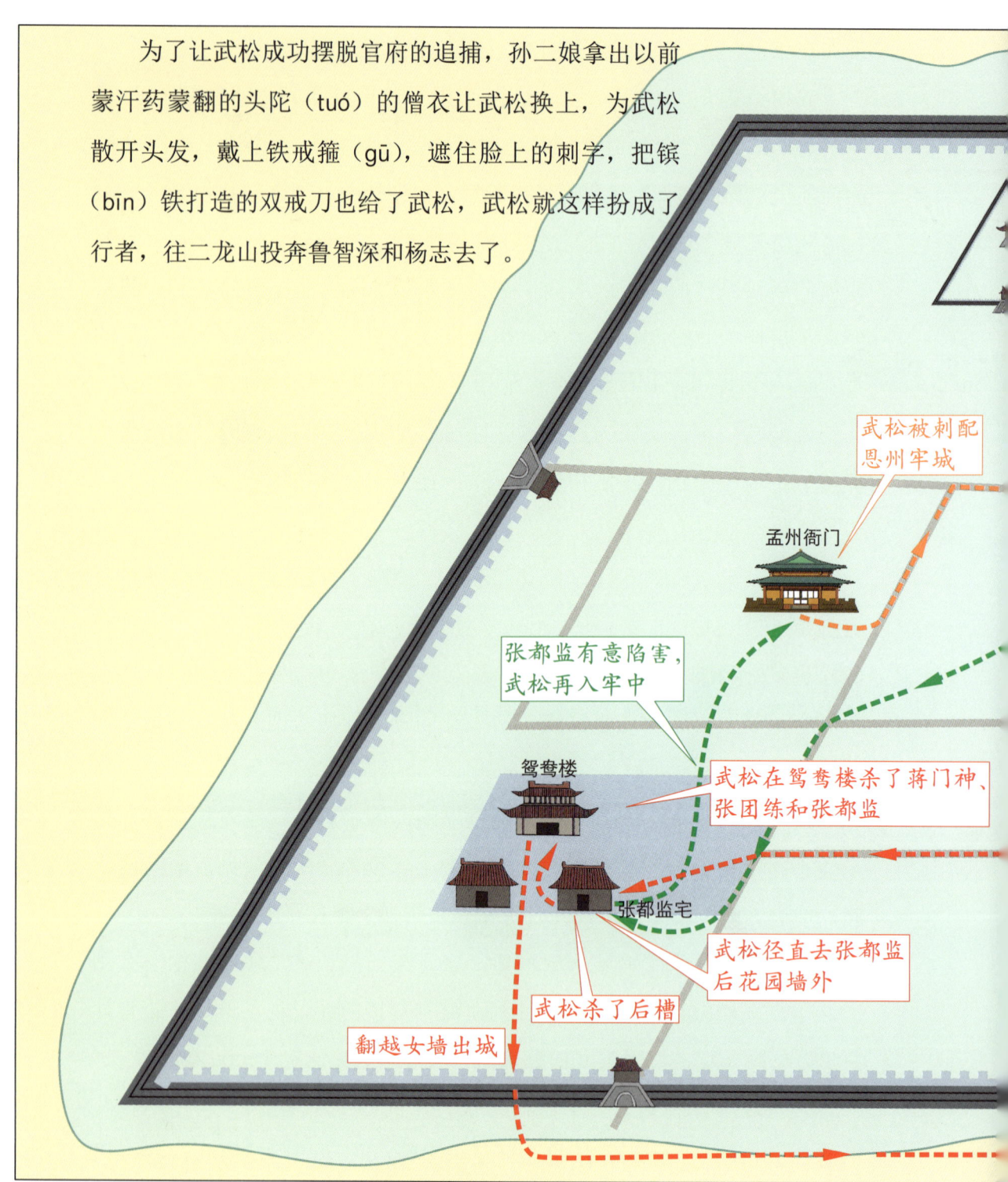

武松怒杀张都监示意图

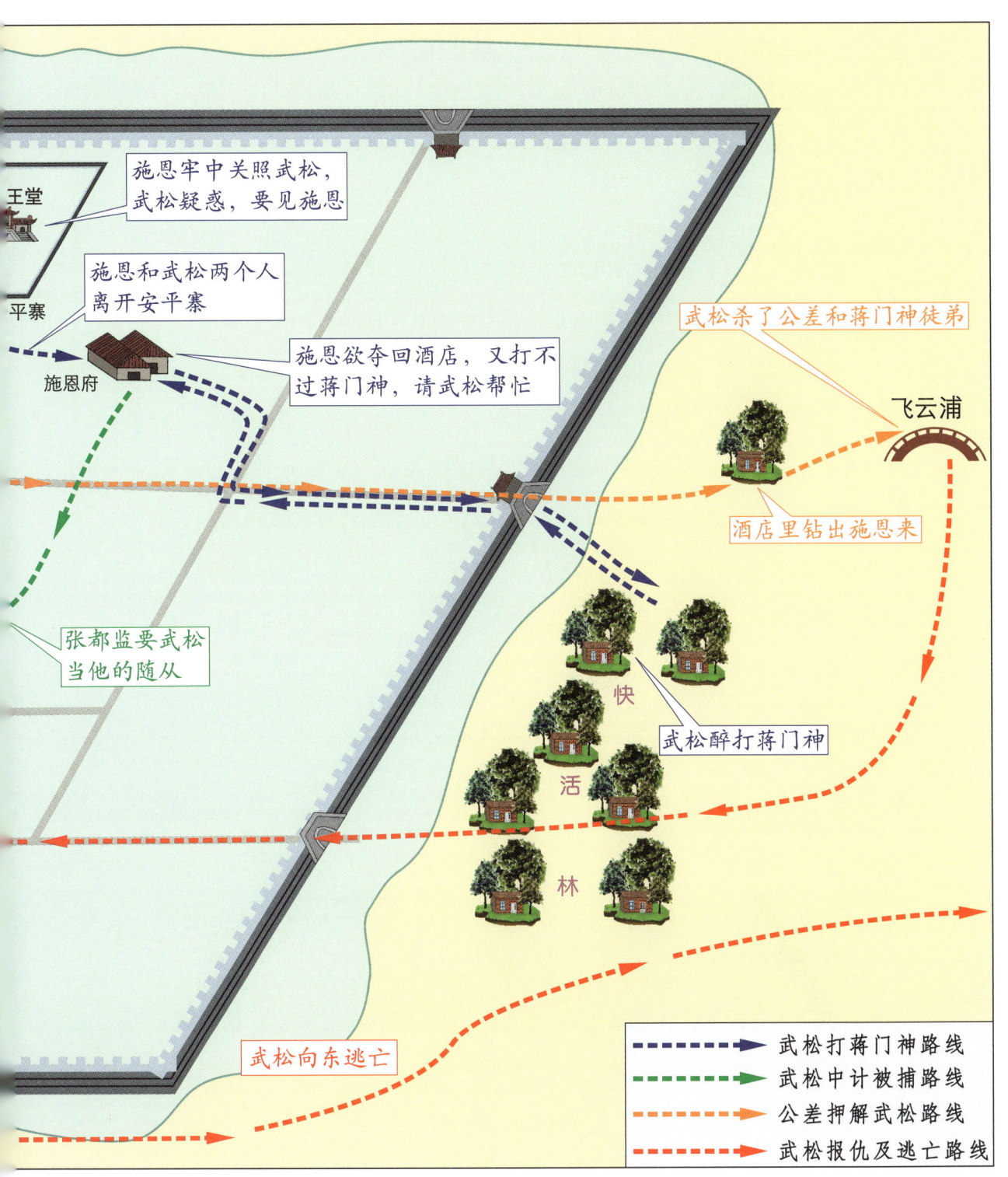

经典名句

有眼不识泰山。

神明照察,难除奸狡(jiǎo)之心。国法昭彰(zhāo zhāng),莫绝凶顽之辈。

金风未动蝉先觉,暗送无常死不知。

见桌子上有酒有肉,武松拿起酒锺(zhōng)①子,一饮而尽,连吃了三四锺,便去死尸身上割下一片衣襟来,蘸着血,去白粉壁上大写下八字道:"杀人者打虎武松也。"把桌子上银酒器皿(mǐn)踏匾(biǎn)②了,揣几件在怀里。却待下楼,只听得楼下夫人声音叫道:"楼上官人们都醉了,快着两个上去搀扶!"说犹未了,早有两个人上楼来。武松却闪在胡梯边看时,却是两个自家亲随人,便是前日拿捉武松的。武松在黑处让他过去,却拦住去路。两个入进楼中,见三个尸首横在血泊里,惊得面面厮觑(qù)③,做声不得。正如分开八片顶阳骨,倾下半桶冰雪水。急待回身,武松随在背后,手起刀落,早剁翻了一个。

注释:①锺:同"盅"。②匾:同"扁"。③面面厮觑:即面面相觑。

课外试题

张青为什么劝武松去二龙山投奔鲁智深、杨志?

答案:武松杀了人,被发配在江湖上行走时,以杀猪蒸馒头为业的张青正是因为有赞赏武松的事迹,所以劝武松去二龙山投奔鲁智深、杨志,并希望武松能够成为二龙山上的头领之一。同时,张青也是出于对武松的关心,他知道武松一个人上路会有很多危险的事情。

第三十二回

武行者
邂逅（xiè hòu）及时雨

人物 绰号 性格 兵器

孔亮（地狂星）
独火星（梁山排名第63位）
忠义英勇、细心谨慎
犬牙钩镰（lián）刀

点题

上二龙山的路上，武松再遇宋江，宋江劝武松把落草当权宜之计。

武松当晚辞别了张青夫妇。他离开了大树十字坡，走了差不多五十多里路后，来到了一座高岭。武松走上高岭，来到岭头上时，便听见林子里传出一阵笑声。他走过林子往那边一看，只见树林中傍山一座坟庵，约有十数间草屋，他推开两扇小窗，便看到一个先生在欺负一个妇人。武松见了，不由得怒火中烧，杀了庵里那先生，将妇人救下。那妇人告诉武松，此处高岭叫蜈蚣岭，三个月前，到这妇人家留宿，见了这妇人后，便将她的父母兄嫂都杀了，并把她骗到这个坟庵居住。武松听后，便让妇人去屋里收拾金银财务，然后去投靠亲戚。那妇人拿着金银财务离开后，武松便烧了坟庵，连夜翻过蜈蚣岭，向青州地界走去。

武松又走了十多天后，时间已到冬天，天气奇冷无比，武松一路买酒买肉吃，也挡不住

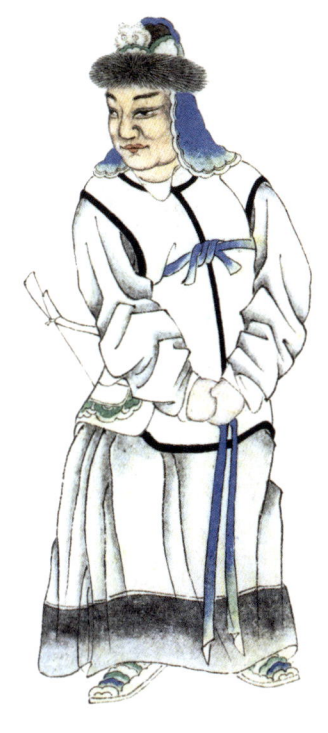

孔亮，青州人氏，与哥哥孔明同为宋江的徒弟，后入伙梁山，担任守护中军步军骁（xiāo）将。

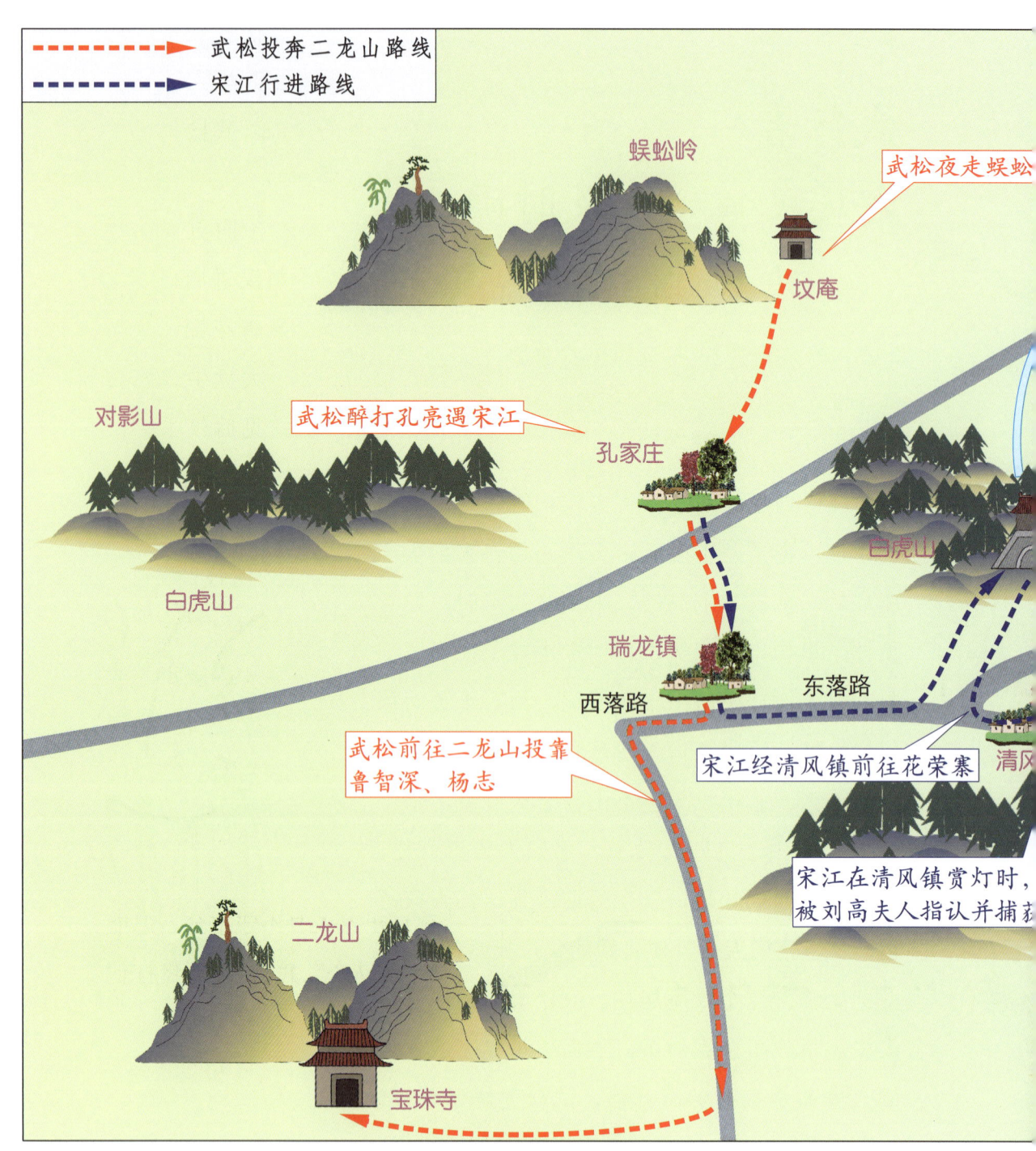

武松夜走蜈蚣岭遇宋江示意图

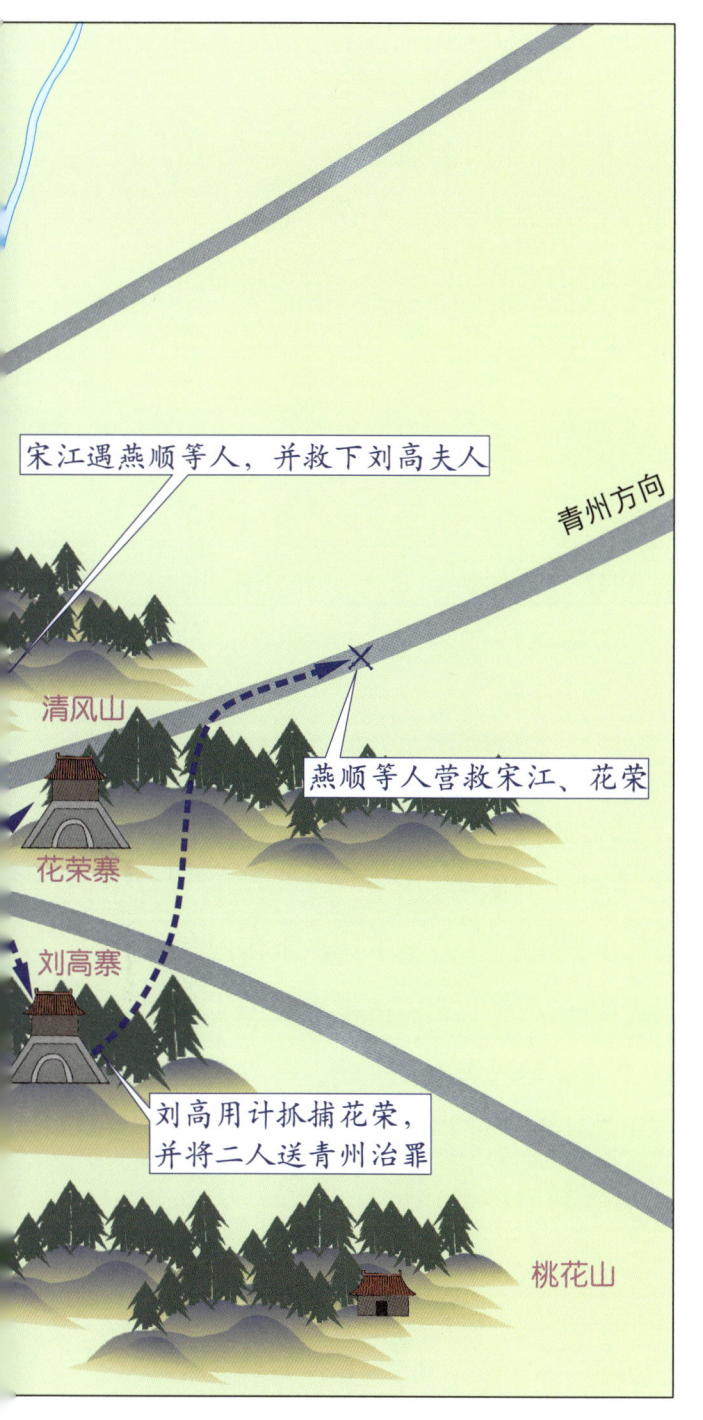

严寒。这天，武松看到溪边有家酒店，就进去要酒要肉来吃。店家说有酒没肉，武松只好干喝了几碗酒。

这时一个二十四五岁的男子领着三四个村汉进店。店主见了忙搬出一坛青花瓷，又端出两只熟鸡、一大盘牛肉来招待那几人。武松见后气不打一处来，拍着桌子大叫："老板欺人太甚！有好酒好肉为什么不卖给我？难道我不给钱？"

店主忙过来解释："这是他们自己拿来的，只是借我的店喝酒。"武松大骂："放屁！"说着一巴掌把店主打得鼻青脸肿，倒在地上爬不起来。

那年轻男子见了，大怒说："你这出家人真不守本分，怎能动手打人？"武松说："我打他碍你什么事？"那男子更恼火了说："敢用这种口气和我说话？你出来！"

那男子说完，便走到门外，摆开架势。武松刚出来，男子就是一拳。武松抓住男子手腕，就势一扯。

那男子趴倒在地，被武松一脚踏上脊（jǐ）背，打了二三十拳，拎起来丢进溪里。那三四个村汉慌忙捞起那男子，搀扶着往南逃去了。

武松进店，把那男子桌上的美酒、熟鸡、牛肉全都吃光，然后出门上路。武松走了四五里路，突然路边的土墙走出一条黄狗看着他叫。武松此时已经大醉，恨那黄狗对着他叫，便拔出戒刀去杀狗。那黄狗沿溪边逃跑，武松追杀时一刀砍空，身子栽进溪里。因为醉酒，武松怎么也爬不上来。

这时，一个大汉提着哨棒，带着十几个人赶来。其中一人指着武松对大汉说："就是他刚才打了小哥哥。"话音未落，刚才挨打的年轻男子也带人赶来了。众人一齐横拖倒拽把武松拉上岸来，带到一座庄院里。然后绑起来拴（shuān）在一棵柳树上，取藤条抽打。

刚打了几下，就见走来一个人，问："你们打的什么人？"其中两人齐喊"师傅"，把刚才的事说了一遍。刚来的那人上前掀起武松头发，惊叫起来："这不是我兄弟武二郎吗？"武松睁眼一看，见那人正是宋江。宋江忙叫人将武松解下来，又让人拿出几件干衣服给武松换上。

武松换好衣服后，宋江便邀武松入席饮酒。双方坐下后，宋江问武松为何当了行者。武松把自己离开柴进庄子后发生的事情都一五一十地说了，又问宋江怎么在这里。宋江说："这里是白虎山孔家庄。孔太公的两个儿子毛头星孔明和独火星孔亮是我的徒弟。他们把我从柴大官人庄上请到这里，我已在此住了半年。我正想到清风寨花荣那里去住几天，不想又碰上贤弟。"

武松告诉宋江，他想去二龙山投靠鲁智深、杨志。宋江说等几天自己也要上清风寨，可以和武松同行一段路。武松听了说："我如今到二龙

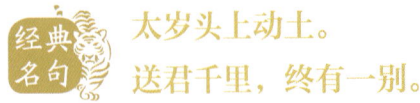
太岁头上动土。
送君千里，终有一别。

山去，如果老天可怜，他日接受招安，那时再去拜访哥哥。"宋江说："兄弟既然有心归顺朝廷，老天一定会保佑你。既然这样，你就暂时陪我在这里住几日再走吧。"

于是这两人又在孔太公庄上住了十几天，然后一同离开。行了数里后武松和宋江来到了瑞龙镇的三岔路口，前往二龙山的要走西边的路，前往清风寨的则要走东边的路，两人无奈，只得挥手告别，各自离开。

武行者道："我送哥哥一程了却回来。"宋江道："不须如此。自古道：'送君千里，终有一别。'兄弟，你只顾自己前程万里，早早的到了彼处。入伙之后，少戒酒性。如得朝廷招安，便可撺掇（cuān duo）①鲁智深、杨志投降了，日后但是去边②上，一枪一刀，博得个封妻荫（yìn）子，久后青史上留一个好名，也不枉（wǎng）了为人一世。我自百无一能，虽有忠心，不能得进步。兄弟，你如此英雄，决定做得大官。可以记心，听愚兄之言，图个日后相见。"武行者听了，酒店上饮了数杯，还了酒钱。二人出得店来，行到市镇梢（shāo）头，三岔（chà）路口，武行者下了四拜。宋江洒泪，不忍分别，又分付③武松道："兄弟，休忘愚兄之言，少戒酒性。保重，保重！"武行者自投西去了。看官牢记话头，武行者自来二龙山投鲁智深、杨志入伙了，不在话下。且说宋江自别了武松，转身投东，望清风山路上来，于路只忆武行者。又自行了几日，却早远远的望见清风山。

注释：①撺掇：鼓动别人做某事。②边：边疆。③分付：吩咐。

课外试题

宋江和武松分手，准备到哪里去？

宋江打算去清风寨找花荣。

第三十三回

看灯山
刘高捉宋江

人物	花荣（天英星）
绰号	小李广（梁山排名第9位）
性格	自信、柔忍
兵器	银丝铁杆枪、弓箭

点题

刘高听信老婆的谗（chán）言，竟然恩将仇报，把宋江捉起来送官。

宋江和武松分手后，一直往东。宋江到清风山下，一群强盗将他捉上山寨正准备杀时。清风寨的山大王锦毛虎燕顺听说此人是自己敬佩的及时雨宋江，连忙和另外两个兄弟矮脚虎王英、白面郎君郑天寿跪下参拜。

宋江刚在山寨住了几天，便已是腊月上旬。这天，王英在山下抢回一个妇人，想当作压寨夫人。宋江听说这妇人是清风寨文知寨刘高的夫人，就求王英放了她，并承诺以后为王英说一门婚事。女人得救后便回去了。

宋江在山寨又住了几天，准备到花荣那里去。清风寨地处清风镇，南寨由刘高把守，北寨由花荣把守。宋江来到北寨，花荣迎接，摆酒款待。

席上，宋江说了救刘高妻子一事。花荣皱眉说

花荣，有"百步穿杨"的本领，原是清风寨副知寨，后入伙梁山，为马军八骠（piào）骑（qí）兼先锋使之首。

宋江不该救这妇人。宋江询问原因，花荣说那妇人和她丈夫刘高一样坏，只知道巧取豪夺，搜刮民财，残害良民，贪图贿赂（huì lù），弄得百姓怨声载道，连花荣也经常受刘高的气。

自此，宋江便在花荣寨中住下，不知不觉已过了新年，到了元宵。

元宵节，老百姓准备了灯山、社火，家家门前张灯结彩，热闹非凡。花荣因要维持治安，不得闲就派两三个亲信陪宋江到镇上看花灯。恰好刘高夫妻也在看灯，那刘高的妻子认出宋江，便跟刘高说，刘高听后就派人捉了宋江。花荣的三个亲信见了慌忙回去禀报花荣。

刘高审问宋江："你这清风山的强盗，还敢来这里看灯？"宋江慌忙辩称他是郓城县的张三，是花知寨的朋友，不是强盗。那妇人说："你还抵赖？"宋江说："我救你时就跟你说我是客人，不是山大王。我救了你，你却恩将仇报，诬良为盗？"

那妇人却说："你这种贼骨头，不打不招！"刘高就命人把宋江打得皮开肉绽，鲜血直流，命人将宋江锁了，明天送青州治罪。

花荣听到亲随说宋江被刘高抓走了，忙写信请刘高放人。刘高拆信一看，花荣在信中称宋江刘丈。不由得火冒三丈，撕了书信，骂道："这人明明是张三，怎么变成刘丈了？分明是糊弄我！"

送信人急忙回来禀报花荣，花荣大怒，带上几十名军士，骑马提枪冲进刘高的寨中，刘高夫妇见状，急忙躲了起来，于是花荣救出了宋江。

回到花荣寨中后，宋江愤怒地说："可恨那女人恩将仇报。如果你不救我，我明天就被那家伙送到青州，白丢了性命。今日之事他肯定不会善罢甘休，他定会写文书去上司那里告发你，如果我继续留在这里，只会被称为把柄。如果我离开，就算他去告你，他没有证据最终也只会不了了之，因此我不能连累你，今夜我就去清风山。"

到了天黑时分，宋江偷出寨门去清风山。谁知刘高暗地早派人埋伏在进出清风山的路上，捉了宋江。随后刘高命人打造囚车，准备囚禁宋江，同时又派人连夜赶到青州，将此事上报青州知府。

 **经典名句** 冤仇可解不可结。

经典原文 刘知寨喝道："你这厮是清风山打劫强贼，如何敢擅（shàn）自①来看灯！今被擒（qín）获，有何理说？"宋江告道："小人自是郓（yùn）城县客人张三，与花知寨是故友，来此间多日了，从不曾在清风山打劫。"刘知寨老婆却从屏风背后转将出来，喝道："你这厮兀（wù）自赖哩！你记得教我叫你做大王时？"宋江告道："恭（gōng）人②差矣。那时小人不对恭人说来：小人自是郓城县客人，亦被掳掠（lǔ lüè）在此间，不能勾下山去。"刘知寨道："你既是客人被掳劫在那里，今日如何能勾下山来，却到我这里看灯？"那妇人便说道："你这厮在山上时，大落落的坐在中间交椅上，由我叫大王，那里睬人！"宋江道："恭人全不记我一力救你下山，如何今日倒把我强扭（niǔ）做贼？"

注释：①擅自：自作主张。②恭人：宽厚谦恭的人。古时多用于对官员妻子的尊称。

课外试题

刘高老婆是一个什么样的人？

她是一个忘恩负义、异常狠毒的人。

第三十四回

助山寨
秦明反青州

人物	黄信（地煞（shà）星）
绰号	镇三山（梁山排名第38位）
性格	有智谋、重情义
兵器	丧门剑

点题

青州知府先后派了黄信和秦明去捉拿宋江和花荣，没想到二将也反了。

青州知府慕容彦达看了刘高的信，就命兵马都监黄信去捉拿花荣，连同张三押回青州治罪。话说这黄信本身武艺高强，威震青州，因此被称为镇三山。

黄信连夜来到清风寨，捉拿了宋江，和刘高定计捉拿花荣。黄信来到花荣寨中，以调解不和为名，让花荣跟他到刘高寨中，然后趁花荣不防备，把花荣捆了，打入囚车，连同宋江一起押回青州。

走了不到三十里，被燕顺、王英、郑天寿三人带着一群小喽啰拦住去路。黄信让刘高看守囚车，自己去战燕、王、郑三人。三人一齐上阵，黄信不是三人的对手，落荒而逃，刘高被吓得傻在原地。花荣趁机掀开囚车，救出宋江。喽啰们捉了刘高，拥着宋江、花荣回清风山去了。到了山上，花荣一刀把刘高杀了。

黄信逃回清风寨，紧闭寨门，写信向青州求救兵。慕容彦达忙请来兵马统制秦明。秦明使一条狼

黄信，原是青州慕容知府麾（huī）下兵马都监，在师父秦明投降落草后，也入伙了梁山，担任远探出哨头领。

牙棒，有万夫不当之勇。因为他性如烈火，声若雷霆，人称"霹雳（pī lì）火"。秦明听说花荣反了，不禁大怒，立即发誓一定要捉住花荣，将他们押回青州。由于担心清风山上那些强盗去攻打清风寨，于是秦明连夜起马步兵五百等天亮攻打清风山。

第二天一大早，慕容知府便在城外的寺庙里蒸下馒头，摆下酒肉，每人三碗酒、两个馒头、一斤熟肉。众将士饱餐之后，便向清风寨出发。

清风山上的众好汉听说，秦明领军攻山之后，都不禁骇然。听说秦明领军到了清风山，花荣说出一条计策，大家分头行事。

花荣率领一队人马出面迎敌，他边打边退。不久秦明的人马就中了埋伏，不是被水淹就是被火烧，一昼夜的工夫，全军覆没，秦明本人也在天亮时被捉。

花荣见了秦明，连忙为他松绑，并将众好汉反叛朝廷的原因说了。秦明听说那张三就是名满天下的宋江，后悔自己听信刘高的一面之词，差点害了好人。

燕顺见状就叫人杀猪宰羊招待秦明。五位好汉轮番敬酒，把秦明灌得大醉。第二天，秦明醒来，吃了早饭，众好汉归还他的衣甲、兵器、马匹。秦明辞别大家，来到青州城下，只见城外的几百户人家，尸横遍野、一片瓦砾。

秦明来到城下，大叫开门。慕容彦达在城头指着秦明破口大骂："反贼，你昨晚杀了那么多平民、烧了那么多房屋，还有脸回来？我已杀你全家，为冤死的百姓报仇了。这就是你家人的头颅。我早晚捉住你碎尸万段。"秦明大叫冤枉。城上乱箭纷纷射下来，秦明只得拨马而回。

秦明骑着马回到了瓦砾（lì）场上，羞愧地想要自杀，但又想弄清事情的原委，便骑马原路返回清风山，走了十多里，只见林子中走出一伙人马，为首五人骑在马上，不是别人，正是宋江等人。秦明气得大叫：

"哪个千刀万剐的冒充我,杀人放火,害死我一家老小?"宋江五人下马跪下,承认是他们干的并说只有他们如此做,才能让秦明死心入伙。秦明长叹:"这条计太毒了,把我逼上绝路。"

事已至此,秦明只好落草为寇,并说服黄信,也入了伙。众人回到山寨,分尽刘高财物,杀尽刘高一家,随后宋江为秦明和花荣的妹妹说媒成婚,整个山寨热闹了几天。

棋逢敌手难藏幸,将遇良才好用功。

当下一行小喽啰捉秦明到山寨里,早是天明时候。五位好汉坐在聚义厅上,小喽啰缚绑秦明,解(jiè)①在厅前。花荣见了,连忙跳离交椅,接下厅来,亲自解了绳索,扶上厅来,纳头拜在地下。秦明慌忙答礼,便道:"我是被擒之人,由你们碎尸而死,何故却来拜我?"花荣跪下道:"小喽啰不识尊卑,误有冒渎②,切乞③恕罪!"随即便取衣服与秦明穿了。秦明问花荣道:"这位为头的好汉却是甚人?这清风山不曾有。"花荣道:"这位是花荣的哥哥,郓城县宋押司宋江的便是。这三位是山寨之主,燕顺、王英、郑天寿。"秦明道:"这三位我自晓得。这宋押司莫不是唤做山东及时雨宋公明么?"宋江答道:"小人便是。"秦明连忙下拜道:"闻名久矣,不想今日得会义士!"宋江慌忙答礼不迭(dié)。

注释:①解:押解。②冒渎:冒犯亵渎(xiè dú)。③切乞:请求。

秦明是自愿上梁山的吗?

秦明不是自愿上梁山的,宋江假扮秦明,将秦明的妻儿老小都杀害了,并"嫁祸"与秦明,秦明无奈只好上了梁山的队伍。

第三十五回

石勇传信
宋江奔丧

人物	石勇（地丑星）
绰号	石将军（梁山排名第99位）
性格	冲动好赌、诚实守信
兵器	朴刀

点题

宋清托人捎信给宋江，说宋太公病故，骗宋江回家奔丧。宋江一到家，就被官府捉住。

有消息传来，说朝廷要派大军征剿清风山，宋江说："这个山寨太小，不如去投奔梁山。"大家一致说好。

众好汉用几十辆车子装了金银财宝，前往梁山泊。路过对影山，遇上赛仁贵郭盛和小温侯吕方各使方天画戟在比武。双方打得难解难分，被花荣一箭分开。宋江劝二人一同上梁山，二人高兴地答应了。当众人准备完备，正要出发之际，宋江却说："如果我们这里三五百人马去投梁山泊，它们探子恐怕会将我们误认为敌人，不如我们分三路出发，我和燕顺先去，你们随后再来。"众人说好。

石勇，北京大名府人，爱好赌博，因赌博打死人，逃到柴进庄上避难，后入伙梁山。

宋江和燕顺骑着马走了两天,在官道旁的一家酒店里吃午饭,燕顺和一个客人争座位,吵了起来。宋江劝架,得知那人叫石将军石勇,受铁扇子宋清之托,到孔家庄找宋江传家信。

宋江连夜回家奔丧,却见父亲健在。原来是宋太公怕宋江入伙梁山,故意让石勇传信。

宋江说他就是宋江。石勇连忙取出信给他。

宋江看完信,捶胸顿足大哭,燕顺问他哭什么,宋江说:"老父亲病故,我要连夜回去奔丧,你们自己上梁山吧!"燕顺说:"你回去,我们怎么办?"宋江说:"我写一封信,你们拿去见晁天王。"宋江一面哭一面写信,封皮也不粘,交给燕顺,就急匆匆地往家赶。

燕顺、花荣、秦明、石勇等人带队伍来到梁山。朱贵报信,晁盖率众头领迎接到聚义厅坐下。左边一排交椅坐着山寨原有头领,包括数月前从济州城越狱上山入伙的白胜,右边一排交椅坐着新上山的好汉。

秦明、花荣说了上梁山的过程,晁盖似乎对花荣一箭射中吕、郭二人画戟(jǐ)缨(yīng)绦(tāo)的事不信,这时空中雁叫,花荣说:"看我射那第三只雁的雁头。"说完,一箭射去,果见第三只雁的雁头中箭,直栽下来。晁盖至此方对花荣的神箭深信不疑。

宋江归心似箭,日夜兼程往家赶,这天天黑终于赶到家。家仆慌忙进去禀报宋太公。宋江见父亲健在,大骂宋清不孝,说老父健在,咒他

众好汉上梁山，宋江走郓城示意图

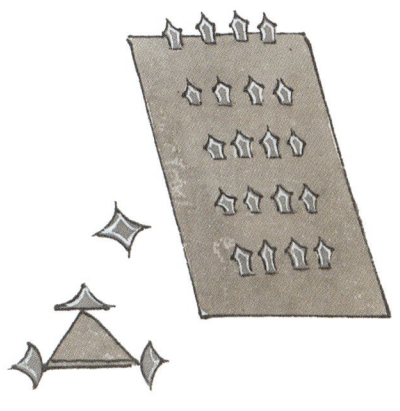

去世。宋太公说是自己让宋清写的信,主要怕宋江入伙梁山,做不忠不孝的人。刚好石勇来家里,自己就让四郎写信,石勇代传。

宋江半喜半忧。宋太公又说:"现在朝廷册立太子,大赦天下,所有大罪,都减一等。你的事已改为充军流放。"爷儿仨正说着话,忽听庄外一片高叫:"不要让宋江逃脱了!"

 **经典名句** 有缘千里来相会,无缘对面不相逢。棋逢敌手,将遇良才。故园冬暮,山茶和梅蕊争辉。

➡️ 宋江上梁山途中回家路线
➡️ 众好汉上梁山路线
➡️ 白胜越狱上梁山路线

021

经典原文

宋江听罢,纳头便拜太公,忧喜相伴。宋江又问父亲道:"不知近日官司如何?已经赦宥(shè yòu)①,必然减罪。适间张社长也这般说了。"宋太公道:"你兄弟宋清未回之时,多得朱仝(tóng)、雷横的气力,向后只动了一个海捕(bǔ)文书,再也不曾来勾扰。我如今为何唤你归来?近闻朝廷册立皇太子,已降下一道赦书,应有民间犯了大罪,尽减一等科断②,俱已行开各处施行。便是发露③到官,也只该个徒流之罪,不道得害了性命。且由他,却又别作道理。"宋江又问道:"朱、雷二都头曾来庄上么?"宋清说道:"我前日听得说来,这两个都差出去了。朱仝差往东京去,雷横不知差到那里去了。如今县里却是新添两个姓赵的勾摄(shè)④公事。"宋太公道:"我儿远路风尘,且去房里将息几时。"合家欢喜,不在话下。

注释:①赦宥:赦免。②科断:判决。③发露:揭露。④勾摄:管理。

课外试题

宋太公为什么要骗宋江回来?

他不愿意宋江成为一个不忠不孝的人。

第三十六回

吴用说情
李俊救场

人物	戴宗（天速星）
绰号	神行太保（梁山排名第20位）
性格	直爽率真
兵器	疾风剑、神行甲马

点题

宋江牢记父命，情愿一死，拒绝晁盖、吴用的挽留，不上梁山。

宋江用梯子爬上墙头，向外一看，百十个公差围住了庄院。原来郓城县的两个都头已换成赵得、赵能二人。宋江说："二位，我的罪已减轻，请进庄喝几杯，天亮跟你们走。"

赵得、赵能进庄，宋太公置酒款待，二人也没为难宋江。天亮后，宋江到县衙，时知县把罪状改轻，济州知府判宋江刺配江州。

临行前，宋太公对宋江说："我花钱买你刺配江州，你刑满后早日返乡团聚。路过梁山，千万不可入伙，当不忠不孝的人。"宋江连连磕头，谨遵父命。果然路过梁山时，晁盖、吴用苦苦挽留，因此宋江只好跟随他们上山，在聚义厅相见，众人见宋江宁愿一死，也不愿落草为寇，只得劝其在梁山泊暂住一日。

戴宗，原是江州两院押牢节级，后入伙梁山，能日行八百里，任职总探声息头领。

023

晁盖吴用苦苦挽留宋江,宋江执意离开。次日,吴用交给宋江书信一封,介绍宋江与江州两院押牢节级神行太保戴宗相识,并要戴宗关照。

第二天一早,宋江便要离开,吴用则对宋江说:"我有个生死之交,是江州牢里两院押牢节级戴宗。因他有道术,一日能行八百里,人称神行太保。哥哥到江州,可拿我的信跟他认识。"说完又取出一盘金银给宋江做盘缠,又给了两公差二十两银子,让他们好生照顾宋江。随后众人下山,一一作别,吴用和花荣将宋江送出二十里外,方才返回。

半个月后,押解宋江和两公差来到揭阳岭,过岭就是浔(xún)阳江,过江就是江州。宋江说:"我们赶过岭去,找个旅店。"

三人翻过岭,见岭脚有个酒店,就进店坐下。宋江说:"切二斤熟牛肉,打一角酒来。"店老板从后面屋里走出,说:"我们这里是先付钱后吃饭。"宋江打开包袱拿银子,店老板眼都看直了。

大汉接过银子,切来牛肉送来酒。三人刚喝一碗,二公差就栽倒了,宋江也跟着栽倒。大汉把三人拖到后面剥皮亭,把包袱(bāo fu)收了。

这时,又有三个人来到酒店,大汉赶忙和他们打招呼。三人中领头的汉子说来接从山东发配江州的宋江,等了四五天,也没见人过来。大汉说:"我刚刚弄到手两个公差和一个囚徒。"汉子慌忙说:"快让我看看。"

024

大汉领三人来到后院,汉子看了,又不认识,就又看公文,果然是宋江。

大汉慌忙用解药救醒宋江,宋江问:"四位是谁?"四人跪倒就拜,为首的大汉说:"我叫李俊,在扬子江中撑船为生,人称混江龙;这位店老板叫催命判官李立;另外两个是亲兄弟,一个叫出洞蛟童威,一个叫翻江蜃(shèn)童猛。"

当晚李立设宴款待众人。第二天,宋江和李俊、童威、童猛、两个公差径到李俊家歇下,随后置办酒席,李俊、童威、童猛,在李俊家和宋江结拜为兄弟,又过了数日,宋江辞别了李俊等人,和两个公差离开揭阳岭,往江州驶去。

上逆天理,下违父教,
做了不忠不孝的人在世,虽生何益。

先是晁盖把盏了,向后军师吴学究、公孙胜起,至白胜把盏下来。酒至数巡,宋江起身相谢道:"足见弟兄们众位相爱之情!宋江是个得罪囚人,不敢久停,只此告辞。"晁盖道:"仁兄直如此见怪?虽然贤兄不肯要坏两个公人,多与他些金银,发付他回去,只说我梁山泊抢掳了去,不道得治罪于他宋江道:"哥哥,你这话休题①!这等不是抬举宋江,明明的是苦我。家中上有老父在堂,宋江不曾孝敬得一日,如何敢违了他的教训,负累了他?前者一时乘兴,与众位来相投,天幸使令石勇在村店里撞见在下②,指引回家。父亲说出这个缘故,情愿教小可③明吃了官司,急断配出来,又频(pín)频嘱付;临行之时,又千叮万嘱,教我休为快乐,苦害家中,免累老父怆惶(chuàng huáng)④惊恐。因此父亲明明训教宋江,小可不争随顺了哥哥,便是上逆天理,下违父教，做了不忠不孝的人在世，虽生何益。如哥哥不肯放宋江下山。情愿只就兄长手里乞死。"说罢，泪如雨下，便拜倒在地。晁盖、吴用、公孙胜一齐扶起。众人道："既是哥哥坚意要往江州，今日且请宽心住一日，明日早送下山。"三回五次，留得宋江就山寨里吃了一日酒。教去了枷，也不肯除，只和两个公人同起同坐。当晚住了一夜，次日早起来，坚心要行。吴学究道："兄长听禀：吴用有个至爱相识，见在江州充做两院押牢节级，姓戴名宗，本处人称为戴院长。为他有道术，一日能行八百里，人都唤他做神行太保。此人十分仗义疏财。夜来小生修下一封书在此，与兄长去，到彼时可和本人做个相识。但有甚事，可教众兄弟知道。"众头领挽留不住，安排筵宴送行，取出一盘金银送与宋江，又将二十两银子送与两个公人。就与宋江挑了包裹，都送下山来。一个个都作别了。吴学究和花荣直送过渡，到大路二十里外，众头领回上山去。

注释：①题：同"提"。②在下：自己的谦称。③小可：自己的谦称。④怆惶：慌张。

路过梁山泊时吴用为什么给宋江介绍戴宗？

答案：戴宗是江州两院押牢节级，有着重要的身份地位，能够神通广大，为江州的生活中减少麻烦。其次，吴用和戴宗是至情至厚，且用了解戴宗的能力为人品行，相信他能够关照宋江。

第三十七回

宋公明揭阳屡遭难

人物	李俊(天寿星)
绰号	混江龙(梁山排名第26位)
性格	谨慎,有谋略
兵器	鱼肠刀

点题

宋江来到揭阳镇,遇到穆(mù)家兄弟,老是跟他过不去。

宋江三人来到揭阳镇,看一个卖艺的在使枪棒,和一个大汉争执起来。那大汉要打宋江,被卖艺的拦住了,并把大汉重重摔倒在地。那大汉边逃边叫:"你们两个等着!"

宋江和卖艺的互通了姓名,得知他叫病大虫薛永。两人就去找酒店喝酒,但所有的酒店都拒绝他们,说谁接待了他们,店就要被砸。宋江只好送给薛永二十两银子,两人分手。

三人继续赶路。天黑看见一座庄院,宋江就去借宿。一位老太公接待了他们,为他们安排客房休息。

宋江上茅房,正好听见太公跟白天那个大汉对话。太公问:"你又跟谁打架了?"

李俊,原为扬子江艄(shāo)公,贩卖私盐,后入伙梁山,担任水军头领。

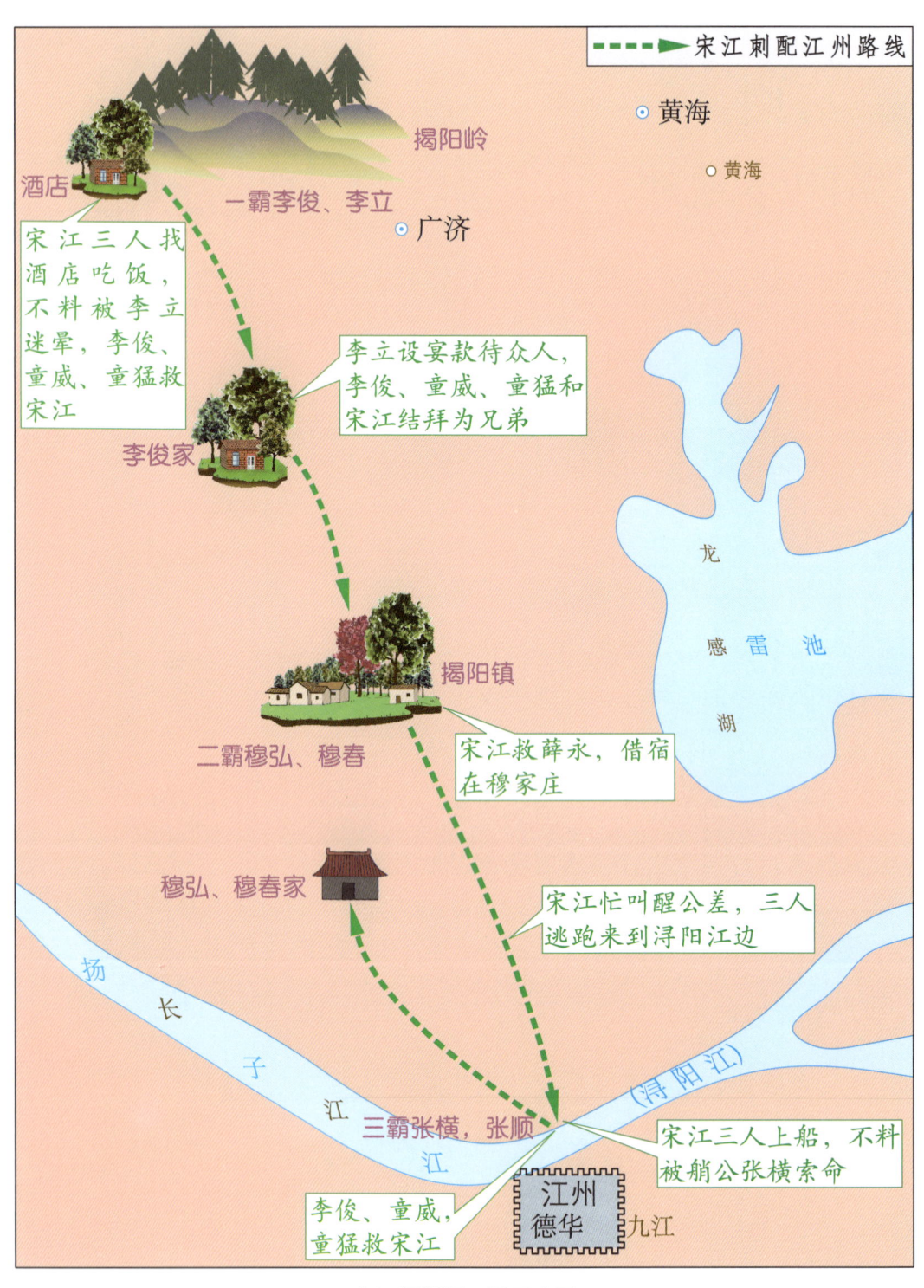

宋江揭阳遇三霸示意图

大汉说:"被一个卖艺的和一个囚徒打了。我哥哥呢?"

太公生气地说:"你们两个天天惹是生非,能不能让我省省心?"

大汉说:"今天不出这口恶气,我心不甘!"

宋江听了,慌忙回屋叫起公差,三人偷偷逃跑。不一会儿,后面有火把追来,前面又有一条大江拦路。

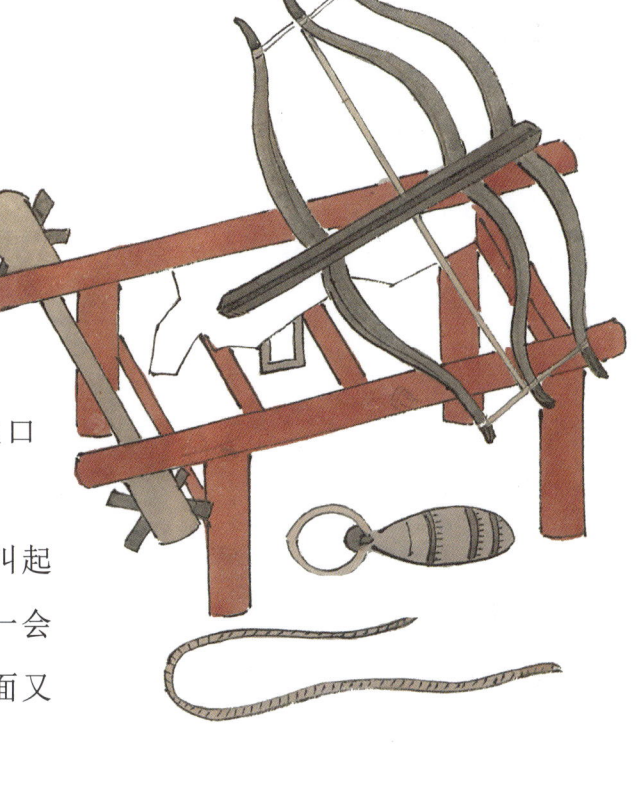

正着急间,一只小船出现。宋江忙叫船家快来渡河,多给船钱。艄(shāo)公问他们怎么半夜三更到这里?宋江说有强盗追。艄公就把船靠岸,三人上了船,船直奔江心。

岸上人赶来,为首的两个大汉让船靠岸。艄公说:"这是我的衣食父母,怎能给你?"

听了这话,宋江暗暗放心。艄公却抽出一把钢刀,问三人想吃板刀面还是馄饨?宋江问是什么意思?艄公说:"吃板刀面,就是一刀一个,把你们剁下水去。吃馄饨,你们就自己脱光衣裳,跳下江去。"

宋江哀求艄公放过他们,银子都给他,艄公却说他既要钱又要命。

这时,一条大船摇过来,一个人在船头大声问:"前面是谁?做事也不打个招呼?船里有什么宝贝?"

艄公连忙说:"是李大哥呀。没什么宝贝,就是一个囚徒和两个公差。"

那人吃惊地叫:"囚徒?莫非是宋公明哥哥?"

宋江一听忙叫:"快来救宋江!"大汉叫道:"真是公明哥哥!"大船靠拢了,原来是李俊和童威、童猛。

艄公听说是宋江,激动地说:"我的爷,你咋不早说?差点害了性命。"

李俊跟宋江介绍:"他叫船伙儿张横,专在江里干杀人越货的生意。"

李俊把船靠岸,又叫来岸上两兄弟,拜见宋江,原来是穆家庄没遮拦穆弘和小遮拦穆春哥儿俩。大家回到穆家庄,穆弘安排宴席,穆春请出薛永,原来薛永昨晚就被捉了。

席上,张横说他弟弟浪里白条张顺现在江州当鱼行老板。张横想给张顺写封信,就请李俊代笔,请宋江捎去。

经典名句

好人相逢,恶人远离。
世情看冷暖,人面逐高低。
群星拱皓(hào)月争辉,绿水共青山斗碧。

经典原文

李俊用手一招,胡哨了一声,只见火把人伴都飞奔将来面前。看见李俊、张横都恭奉着宋江做一处说话,那弟兄二人大惊道:"二位大哥却如何与这三人厮熟?"李俊大笑道:"你道他兀(wù)谁?"

那二人道："便是不认得。只见他在镇上出银两赏那使枪棒的，灭俺镇上威风，正待要捉他。"李俊道："他便是我日常和你们说的，山东及时雨郓城宋押司公明哥哥。你两个还不快拜！"那弟兄两个撇（piē）了朴刀，扑翻身便拜道："闻名久矣！不期今日方得相会。却才甚是冒渎，犯伤了哥哥，望乞①怜悯（lián mǐn）恕罪！"宋江扶起二位道："壮士，愿求大名。"李俊便道："这弟兄两个富户，是此间人，姓穆名弘，绰号没遮拦；兄弟穆春，唤做小遮拦。是揭阳镇上一霸。我这里有三霸，哥哥不知，一发说与哥哥知道。揭阳岭上岭下便是小弟和李立一霸；揭阳镇上是他弟兄两个一霸；浔阳江边做私商的却是张横、张顺两个一霸：以此谓之三霸。"宋江答道："我们如何省得②！既然都是自家弟兄情分，望乞放还了薛永。"

注释：①望乞：请求。②省得：知道。

课外试题

张横为什么要托宋江给弟弟浪里白桃张顺送信？

答案： 宋江要发配江州，而张横的弟弟是江州有名的渔牙，因此张横托宋江给张顺送信。

第三十八回

黑旋风
水里斗张顺

人物	张顺（天损星）
绰号	浪里白条（梁山排名第30位）
性格	豪爽仗义、稳重果断
兵器	夺命鱼叉

点题

一个陆地英雄，一个水中豪杰，二人到了对方擅长的地方，谁也讨不了好处。

宋江到江州后，给江州的大小官员都送了礼，所以被安排到公事房抄写公文。只有一人宋江故意没送，就是江州两院押牢节级戴宗。

戴宗见来犯这样小瞧他，就来找宋江的碴儿。宋江慢悠悠地说："我不给你钱就有罪，私通梁山吴用该当何罪？"

戴宗一听忙问："你是谁？"

宋江说："山东宋江。"

戴宗问："及时雨宋公明？"

宋江说："是。"

戴宗说："这里不是说话的地方，咱们到城里找地方说话。"

宋江回房拿了吴用的信，和戴宗进城，上一个酒楼找了个雅间坐下，宋江把信递给戴宗。二人相见恨晚，喝着酒，说不尽的知心话。

张顺，早年与哥哥张横称霸浔阳江，后入伙梁山，任职水军头领。

忽然楼下一阵吵闹，店小二慌忙上来，跟戴宗耳语了几句。戴宗说："哥哥稍坐，我去去就来。"说完下楼。

不一会儿，戴宗领着个黑大汉上楼，跟宋江介绍："他是我手下狱卒李逵（kuí），小名铁牛，人称黑旋风。"又跟李逵说："这就是你常挂在嘴边的义士哥哥。"

李逵说："及时雨黑宋江？"戴宗骂道："没大没小，还不拜见！"李逵跪倒就拜。

三人喝了一会儿酒，李逵说要去找店家借十两小银，赎（shú）自己的二十两大银。宋江就给了李逵十两银子，李逵拿上银子一溜烟跑了。

又喝了一会儿，戴宗和宋江去江边看江景，又碰上刚输完银子的李逵，三人来到琵琶（pí pá）亭。

宋江说想喝酸辣鱼汤，戴宗就让店小二用活鱼做汤。店小二说活鱼还在船舱（cāng），要等鱼行老板来了才卖。李逵跳起来说："我去弄。"

李逵来到江边，跳上渔船找鱼，因为不会操作，把舱里的鱼全放跑了，还把渔人和鱼贩子打得四散逃跑。

鱼行老板赶来。李逵和鱼行老板打在一起。李逵揪住鱼行老板的头发，把鱼行老板的头摁下去，拳头在鱼行老板的脊梁上捶得震山响，幸亏宋江、戴宗赶来，鱼行老板才脱身。

李逵三人要走，那鱼行老板穿了条短裤，撑一条船，在江边大骂李逵。李逵大叫一声蹿（cuān）上船，鱼行老板把篙（gāo）一点，船转眼到了江心。

鱼行老板双脚一晃，小船翻个底朝天，李逵落水。鱼行老板揪住李逵的头发，直往江里摁，李逵刚挣扎冒出了头，又被摁下去，不一会直翻白眼。

宋江问鱼行老板叫什么？渔人说叫张顺。宋江说："快叫他，我有他哥哥张横的家信。"戴宗忙叫："张二哥停手，这里有你的家信。"

张顺抓住李逵的一只手，踩水游到岸边，一把将李逵提上岸，李逵哇哇直吐清水。戴宗把宋江介绍给张顺，宋江说了与张横认识的经过，说张横的家信没带在身边，在牢营里放着，张顺拜谢宋江，同去喝酒。

经典名句

世情看冷暖，人面逐高低。
不打不成相识。

经典原文

那人把竹篙去李逵腿上便搠（shuò），撩（liáo）拨①得李逵火起，托地跳在船上。说时迟，那时快，那人只要诱得李逵上船，便把竹篙望岸边一点，双脚一蹬，那只渔船一似狂风飘败叶，箭也似投江心里去了。李逵虽然也识得水，却不甚②高，当时慌了手脚。那人也不叫骂，撇了竹篙，叫声："你来！今番③和你定要见个输赢！"便把李逵胳膊拿住，口里说道："且不和你厮打，先教你吃些水。"两只脚把船只一晃，船底朝天，英雄落水，两个好汉扑通地都翻筋（jīn）斗撞下江里去。宋江、戴宗急赶至岸边，那只船已翻在江里，两个只在岸上叫苦。江岸边早拥上三五百人在柳阴树下看，都道："这黑大汉今番却着道儿，便挣扎得性命，也吃了一肚皮水。"宋江、戴宗在岸边看时，只见江面开处，那人把李逵提将起来，又淹将下去。

注释：①撩拨：挑逗。②甚：特别。③今番：今天、这次。

课外试题

李逵在和张顺的打斗中表现出了李逵怎样的性格特征？

答案：李逵是一个重情义、脾气暴躁、率直勇猛的人。

第三十九回

浔阳楼
宋江题反诗

人物	李逵（天杀星）
绰号	黑旋风（梁山排名第22位）
性格	鲁莽野蛮、疾恶如仇、胆大愚忠
兵器	板斧

点 题

人说醉酒误事。宋江醉酒误的不是事，而是人命。

四人喝到天黑分手，张顺送宋江回牢营，拿了哥哥的信回去了。

又过了六七天，宋江进城去找戴宗、李逵、张顺，都没找到，就来到浔阳楼，找个雅间坐下，要了酒菜，边喝边欣赏风景，不一会儿，就喝了个半醉。

宋江见墙上有不少题诗，想起自己的经历，找了个空白地方，写下了一首《西江月》：

自幼曾攻经史，长成亦有权谋。恰如猛虎卧荒丘，潜伏爪牙忍受。不幸刺文双颊，哪堪配在江州。他年若得报冤仇，血染浔阳江口。

意犹未尽，又写下四句诗：

心在山东身在吴，飘蓬江海谩（màn）嗟吁（jiē yù）。他时若遂凌云志，敢笑黄巢（cháo）不丈夫。

然后落款："郓城宋江作"。宋江扔了笔，丢

李逵，皮肤黝（yǒu）黑、四肢粗壮，早年因打死人，逃亡在外，后入伙梁山，担任第五位步军头领，臂力过人，惯使板斧。

035

下块银子，踉（liàng）踉跄（qiàng）跄回到牢营，一觉睡到五更，将题诗的事忘得一干二净。

江州北岸的无为城，住着个因贪赃被罢官的黄文炳（bǐng）。这黄文炳为了东山再起，经常巴结江州知府蔡九，因为蔡九是太师蔡京的儿子。

这天，黄文炳闲逛到浔阳楼，见到宋江的诗词，当他看到"血染浔阳江口""敢笑黄巢不丈夫"时，吓了一跳：这是要造反呀！他马上叫来店小二，问清写诗人的年龄、相貌、题写时间，就把诗词抄下来，吩咐店小二不要刮去。

第二天一早，黄文炳直奔府衙，献上礼物，迫不及待地跟蔡九说了宋江题反诗的事。

蔡九听后也没放在心上。黄文炳和蔡九闲聊："最近太师没有书信来？"

蔡九说："家父不久前来过一封信，说京城流传四句童谣：'耗国因家木，刀兵点水工。纵横三十六，播乱在山东。'"

黄文炳忙说："对呀，这童谣正好应在宋江身上。'家木'为'宋'；'点水工'为'江'；纵横三十六，要么是应六六之数，要么是三十六人，在山东造反，这宋江正是山东人啊。"蔡九大惊，当即命戴宗把囚徒宋江捉来。

戴宗吓得心惊肉跳，一边通知差人们到城隍庙会合，一边偷偷绑上甲马，作起神行法。眨眼间来到牢营，他让宋江装疯，蒙混过去。

戴宗回到城隍（huáng）庙，点齐手下人，来牢营捉宋江。宋江正坐在茅房里，一身屎尿，疯疯癫（diān）癫地说："我是玉帝的女婿，老丈人给我八百斤金印，叫我杀尽江州人。"公差们说："一个疯子，胡言乱语，造什么反？"

戴宗回去报告蔡九。蔡九说既然是疯子就算了。黄文炳却说："如果是疯子，写不出这种豪壮的诗词来。"蔡九就问管营和差拨，宋江是什么时候疯的？二人不敢说谎，说是才疯的。黄文炳肯定地说是宋江装疯。

蔡九命戴宗把宋江抓来，戴宗只好让手下人用箩筐把宋江抬到府衙大堂。宋江最初仍胡言乱语，一顿酷刑，不得不招，最后被打入死牢。

经典名句 胜如己者害之，不如己者弄之。

经典原文 众人跟了戴宗，回到州衙里，蔡九知府在厅上专等回报。戴宗和众做公的在厅下回复知府道："原来这宋江是个失心风的人，尿屎秽（huì）污全不顾，口里胡言乱语，全无正性。浑身臭粪（fèn）不可当①，因此不敢拿②来。"蔡九知府正待要问缘故时，黄文炳早在屏风背后转将出来，对知府道："休信这话！本人作的诗词，写的笔迹，不是有风症的人，其中有诈。好歹只顾拿来，便走不动，扛也扛将来。"蔡九知府道："通判说得是。"便发落戴宗："你们不拣③怎地，只与我拿得来，在此专等！"戴宗领了钧（jūn）旨，只叫得苦。

注释：①当：同"挡"。②拿：捉拿。③不拣：不管。

课外试题

宋江装疯卖傻躲过大祸了吗？

答案：宋江在江州题反诗后，为了躲避惩罚，采纳了戴宗的建议，装疯卖傻，但是在黄文炳的再三怀疑下，他最终还是被戳穿，并被打入死牢。

037

第四十回

梁山泊
好汉劫法场

人物	萧让（地文星）
绰号	圣手书生（梁山排名第 46 位）
性格	娴静少言、沉闷
兵器	天地如意笔

点题

江州知府蔡九要斩宋江，被李逵等梁山好汉劫了法场，救出宋江。

黄文炳让蔡九马上报告蔡京。蔡九就写了封信，准备了一担珠宝，让戴宗把礼物和信送到东京太师府。

戴宗回去，交代李逵照顾好宋江，在腿上绑了四个甲马，挑了礼物直奔东京。路过梁山，戴宗跟吴用商量如何救宋江。

吴用认为不能动武，只宜智取，心生一计，让戴宗马上去济州，请圣手书生萧让和玉臂匠金大坚。

戴宗假扮庙里的打供太保，到济州找到萧让和金大坚，说东岳庙重修岳楼，请他们去题写、刻写碑文，并分别先给他们五十两银子安家，承诺写成后另有重谢，让他们明早起程，自己在泰安等候他们。

第二天一早，萧让约上金大坚前往泰安，走了七八十里，被王矮虎、杜迁、宋万、郑天寿半路拦截，

萧让，善写苏、黄、米、蔡四种字体，曾为救宋江伪造蔡京文书，在梁山担任行文走檄（xí）调兵遣将。

要他们上梁山入伙。萧让说："我们是读书人，山寨要我们有什么用？"杜迁说："我们军师跟二位是老朋友，去了再说。"大家连夜渡湖登山，见了吴用。二人说："我们上山，我们的家属要受连累的。"吴用说："二位不必担心，明早你们家属就来了。"果然过了一夜，两人的家属都来到山上，二人只好死心塌地地入伙。

吴用叫萧让模仿蔡京的笔迹写了一封信，大意是让蔡九把宋江押送东京正法，然后叫金大坚刻下一枚蔡京的图章。二人很快完成，吴用看了，在信上盖了图章，叫戴宗拿假信马上回江州。

戴宗走后，吴用忽然大叫不好。原来百密一疏，家信的落款和图章出了纰漏（pī lòu）。吴用说："现在只有这样，才能救他二人性命。"晁盖依计，点起四路人马，日夜兼程赶往江州。

戴宗把伪造的信给了蔡九，蔡九未看出破绽，命令打造囚车，准备派人押送宋江到东京。

黄文炳又到，蔡九把回信给他看。黄文炳看了说："大人，这信是假的。"蔡九说："明明是我父亲的笔迹和图章，怎会有假？"黄文炳说："太师颇懂礼仪，怎会在给儿子的信中用刻有名字的图章？"蔡九一想也是，叫来戴宗一问，戴宗说得驴唇不对马嘴。一顿死打，戴宗只好招认，被打入死牢，和宋江一同行刑。

行刑那天，蔡九亲自当监斩官，押上宋江、戴宗，只待午时三刻，开刀问斩。

就在这时，东街来了一伙玩蛇的乞丐，西街过来一伙使枪棒卖膏药的，南街过来一伙挑担的脚夫，北街过来一伙商贩，都要通过刑场赶路。四下里闹成一团，士兵们分头阻拦。正在这时，午时三刻到，两个刽子手正准备行刑，只见乞丐、卖膏药的、脚夫、商贩，各拿兵器，杀向刑场。

李逵也从刑场旁边的二楼上跳下来，手起斧落，两个刽（guì）子手已被劈死，又冲向蔡九，蔡九赶紧逃命。几个梁山好汉割断宋江、戴宗身上的绑绳，背起二人就跑。李逵在前开路，好汉们跟着李逵杀出城外，来到江边的白龙庙。

经典名句 说时迟，一个个要见分明；那时快，看人人一齐发作。

经典原文 又见十字路口茶坊楼上，一个虎形黑大汉，脱得赤条条的，两只手握两把板斧，大吼一声，却似半天起个霹雳，从半空中跳将下来。手起斧落，早砍翻了两个行刑的刽子，便望监斩官马前砍将来。众士兵急待把枪去搠时，那里拦当得住。众人且簇拥蔡九知府，逃命去了。只见东边那伙弄①蛇的丐者，身边都掣②出尖刀，看着士兵便杀。西边那伙使枪棒的，大发喊声，只顾乱杀将来，一派杀倒士兵狱卒。南边那伙挑担的脚夫，轮起扁担，横七竖八，都打翻了士兵和那看的人。北边那伙客人，都跳下车来，推过车子，拦住了人，两个客商钻将入来，一个背了宋江，一个背了戴宗。其余的人，也有取出弓弩（nǔ）来射的，也有取出石子来打的，也有取出标枪来标的。

注释：①弄：玩弄。②掣：抽。

课外试题

梁山好汉为什么要去劫法场？

答案：宋江喝醉了酒，在浔阳楼上题了反诗，被江州知府蔡九捉拿并判处死刑。梁山好汉知道消息后，为了救宋江，因此要前往江州劫法场。

第四十一回

黑旋风活剐黄文炳

人物	蒋敬（地会星）
绰号	神算子（梁山排名第53位）
性格	诚恳热情、心思缜密
兵器	铁算盘

点题

作恶多端的黄文炳落了个千刀万剐的下场，但宋江从此也开始上山落草。

这时，张顺、张横、李俊、二童、二穆、李立、薛永等人也从上游驾船赶来接应，宋江为他们引见了晁盖等人，众好汉互相拜了，一共是二十九位好汉相聚白龙庙。

好汉们正准备冲出去，官兵们也追出城来了，双方混战一团。江州兵马被杀得丢盔弃甲、死伤无数，逃进城中，闭门不出。

众好汉清点完毕便前往揭阳镇穆家庄歇脚。宋江起身对众人说："如果没有大家相救，我早已死于非命，只可恨那黄文炳无中生有，非要加害我们，如果不报这冤仇，叫我如何能咽下这口恶气，所以恳

蒋敬，原是落地举子，因倾慕宋江而入伙梁山，负责考算山寨钱粮。

041

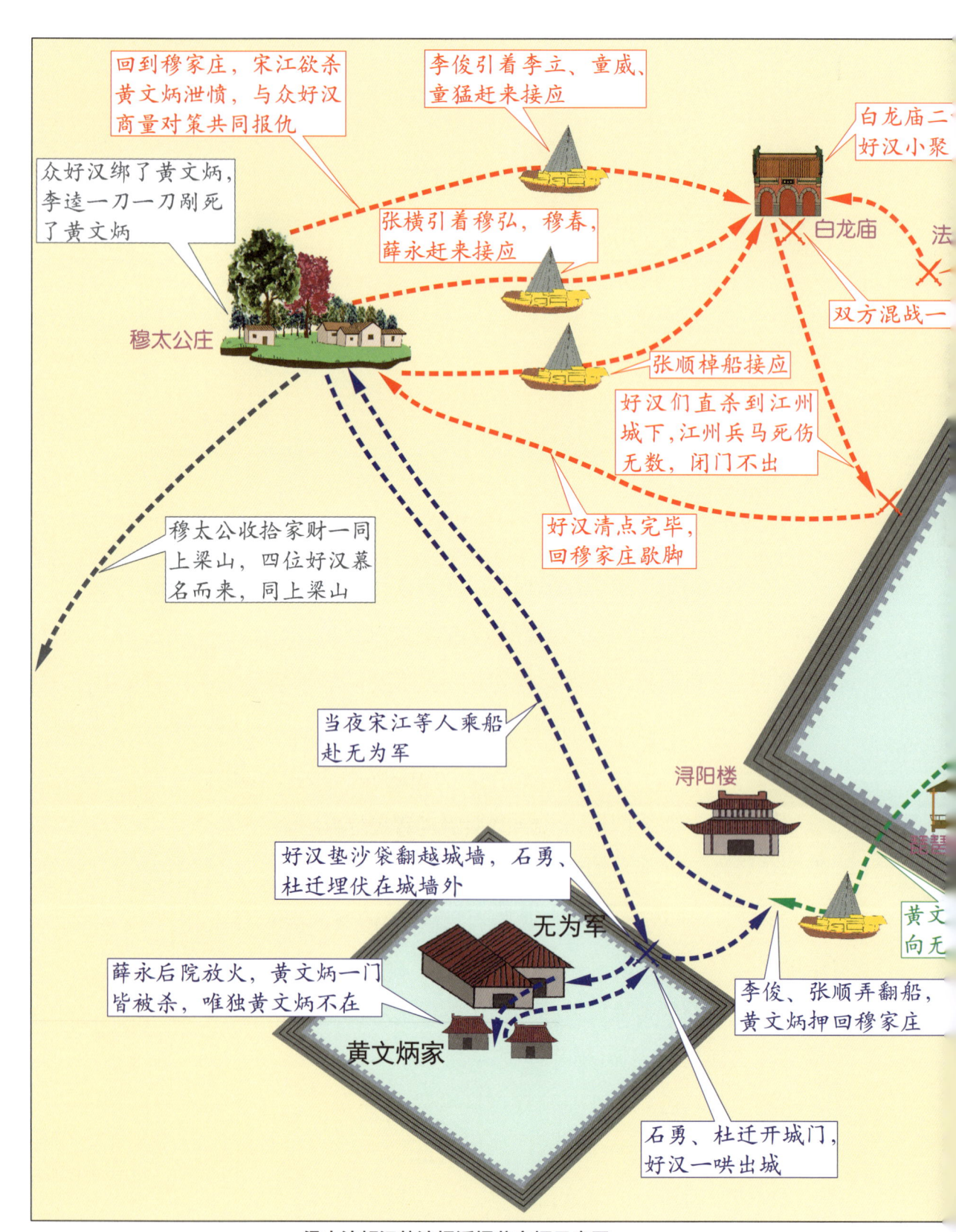

梁山泊好汉劫法场活捉黄文炳示意图

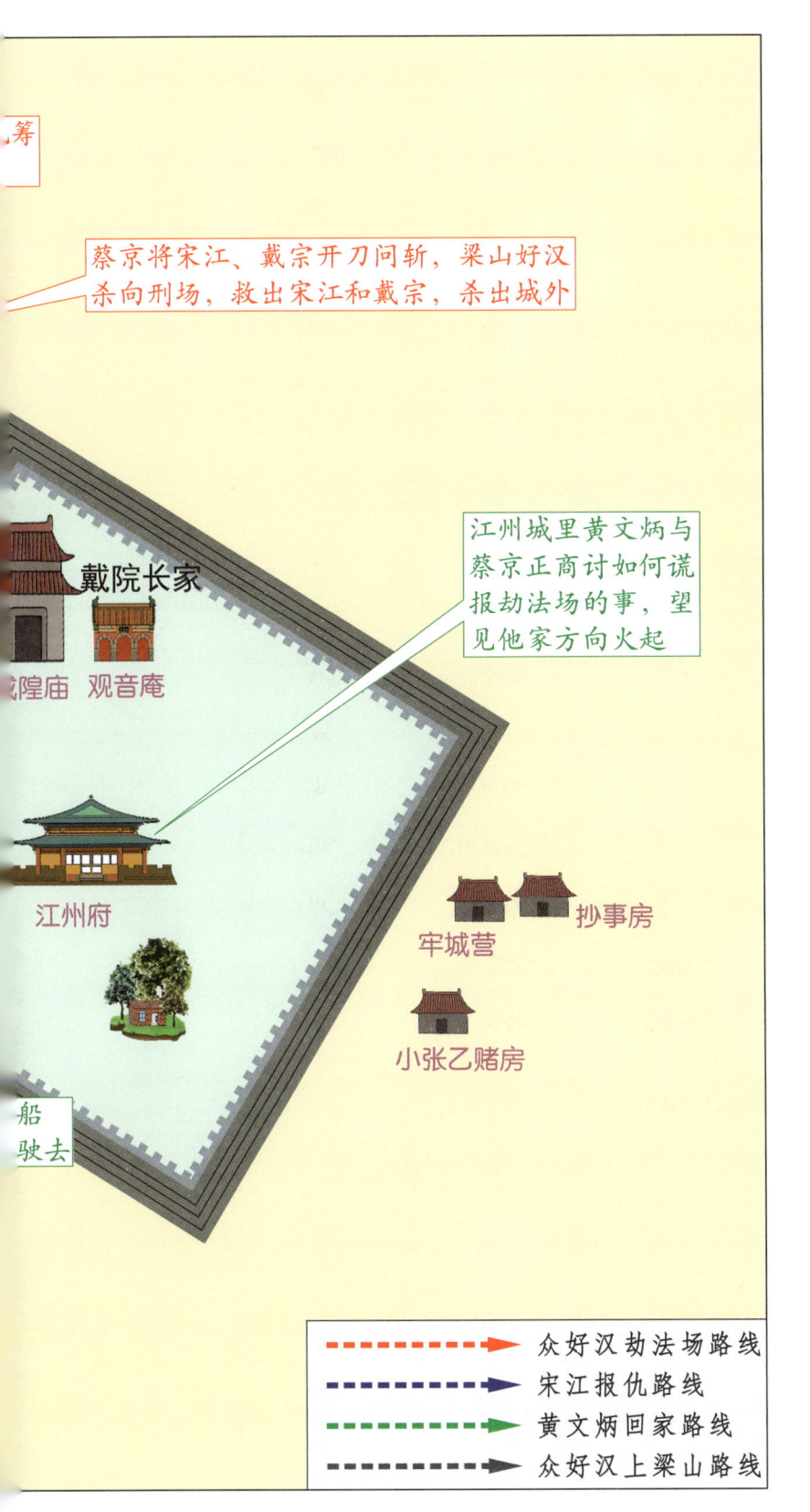

蔡京将宋江、戴宗开刀问斩，梁山好汉杀向刑场，救出宋江和戴宗，杀出城外

江州城里黄文炳与蔡京正商讨如何谎报劫法场的事，望见他家方向火起

戴院长家
城隍庙　观音庵
江州府
牢城营　抄事房
小张乙赌房
船驶去

- - - → 众好汉劫法场路线
- - - → 宋江报仇路线
- - - → 黄文炳回家路线
- - - → 众好汉上梁山路线

请各位好汉，帮我杀了黄文炳。"众人闻言纷纷起身商量对策。

薛永在无为城里找了一个熟悉地形的人做内应。这人叫通臂猿侯健，是无为城的裁缝，善使拳棒，正好黄文炳家请他做衣裳。

宋江请穆太公准备了几百个布袋。当夜一更天，宋江等人乘船来到无为军城下，让人把布袋装上沙土。二更天，宋江让手下沿城脚边放沙袋，垫沙袋翻越城墙。石勇、杜迁埋伏在城门附近，薛永在黄家后院放火，侯健敲开黄文炳家门，

五路好汉上梁山示意图

众好汉杀进去，把黄家人全部杀死了，只是少了黄文炳。

石勇、杜迁看见火光后，杀死守门军人，打开城门。好汉们一哄出城，返回穆家庄。

黄文炳正在蔡九家商议如何谎报劫法场的事，见他家方向失火，就乘船往家赶。半路被李俊和张顺弄翻船，把黄文炳押到穆家庄，扒光衣裳，绑在柳树上，被李逵一刀一刀慢慢剐（guǎ）死。随后，穆太公收拾家财，跟好汉们一同上梁山。

路上，又有摩云金翅欧鹏、神算子蒋敬、铁笛仙马麟（lín）、九尾龟陶宗旺四位好汉慕名而来，同上梁山。

来到梁山，晁盖以宋江有恩于山寨为由，要让宋江坐第一把交椅，宋江极力推辞，仍由晁盖做大头领，宋江坐了第二把交椅，其他好汉也排定座次，一共是四十位头领。

经典名句

夜凉风静，月白江清，水影山光，上下一碧。
千古战争思晋宋，三分割据想英灵。
惊涛滚滚烟波杳（yǎo），月淡风清九江晓。
欲从舟子问如何，但觉庐山眼中小。

经典原文

宋江便道："小可不才，自小学吏（lì）。初世为人，便要结识天下好汉。奈缘①是力薄才疏，家贫不能接待，以遂平生之愿。自从刺配江州，经过之时，多感晁头领并众豪杰苦苦相留。宋江因见父亲严训，不曾肯住。正是天赐机会，于路直至浔阳江上，又遭际②许多豪杰。不想小可不才，一时间酒后狂言，险累了戴院长性命。感谢众位豪杰，不避凶险，来虎穴龙潭（tán），力救残生；又蒙协助报了冤仇，恩同天地。今日如此犯下大罪，闹了两座州城，必然申奏去了。今日不由宋江不上梁山泊，投托哥哥去，未知众位意下若何？如是相从者，只今收拾便行；如不愿去的，一听尊命。只恐事发，反遭负累，烦可寻思。"说言未绝，李逵跳将起来，便叫道："都去，都去！但有不去的，吃我一鸟斧，砍做两截便罢！"宋江道："你这般粗卤（lǔ）③说话！全在各人弟兄们心肯意肯，方可同去。"众人议论道："如今杀死了许多官军人马，闹了两处州郡，他如何不申奏朝廷？必然起军马来擒获。今若不随哥哥去，同死同生，却投那里去？"宋江大喜，谢了众人。当日先叫朱贵和宋万前回山寨里去报知，次后分作五起进程：头一起便是晁盖、宋江、花荣、戴宗、李逵，第二起便是刘唐、杜迁、石勇、薛永、侯健，第三起便是李俊、李立、吕方、郭盛、童威、童猛，第四起便是黄信、张横、张顺、阮家三弟兄，第五起便是燕顺、王矮虎、穆弘、穆春、郑天寿、白胜。五起二十八个头领，带了一千人等，将这所得黄文炳家财，各各分开，装载上车子。穆弘带了穆太公并家小人等，将应有家财金宝，装载车上。

注释：①奈缘：怎奈。②遭际：遭遇。③粗卤：同"粗鲁"。

课外试题

李逵为什么要活剐黄文炳？

答案：李逵恨黄文炳害宋江等人差点失去性命，并且要替宋江报仇，所以要活剐他。

046

第四十二回

宋公明探亲得天书

人物：秦明（天猛星）
绰号：霹雳火（梁山排名第7位）
性格：正直刚猛、有勇无谋
兵器：狼牙烽火棒

点题

宋江回家和亲人团聚，被公差追捕，躲到古庙，却意外获得三卷天书。

梁山人马初具规模。一天，宋江说要回去把父亲、兄弟接来。晁盖要派人去接，宋江坚持自己回去。

宋江头戴毡（zhān）笠，手提短刀，在朱贵酒店上岸后，便顺着大路往郓（yùn）城县出发。刚到家，宋清就告诉宋江，县里已知道闹江州的事，派了一二百士兵来盯着宋家，只等上面下令，就动手捉人。

宋江一听转身就走，走不多远，就有人追来。宋江慌不择路，逃进只有一条道出入的还道村，见前面有一座九天玄女庙，就一头钻进去，掀开幔（màn）帐，蜷（quán）在神橱里，大气也不敢出，过了一会儿，竟迷迷糊糊地睡着了。

梦中，九天玄女娘娘赐他三卷天书，只让他和

秦明，性如烈火，声如雷霆，生于军官世家，有万夫不当之勇，因宋江的计谋而入伙梁山。

047

宋公明回家途中获三卷天书示意图

初见规模，宋江回家接家人

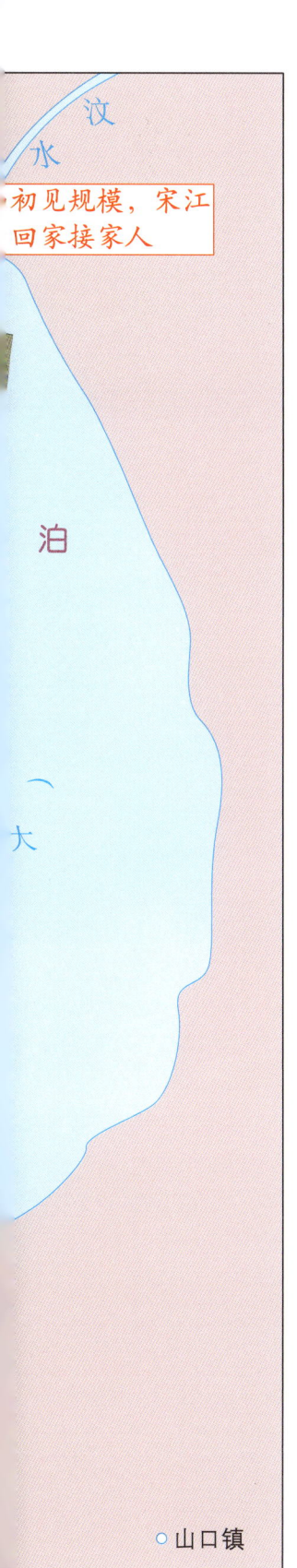

天机星共看，然后让童子领宋江出来。童子一推，宋江大叫一声，从梦中醒来，摸摸袖子，真有三卷天书。他钻出神橱，走到庙外。

突然，前面喊声大作，宋江急忙躲到树后。只见赵能跟跟跄跄地跑来，一人挥舞双斧紧随其后，正是李逵。赵能被树根绊倒在地，李逵赶上，一斧砍作两段。又见欧鹏、陶宗旺、刘唐、石勇、李立赶来，宋江出来和他们相见。原来宋江独自回家，晁盖、吴用不放心，让六人暗地跟随保护。

正说着，晁盖率领花荣、秦明等人赶来，说已把宋江全家接上山了。宋江回到山寨，设宴感谢兄弟们。席间，公孙胜说要回家探母，晁盖答应了。突然听见有人放声大哭，大家一看，却是黑旋风。

大家问李逵哭什么，李逵说："你们都接爹看娘，我也要接我娘来享福。"宋江说："可以，但要依三件事：一不能带双斧，以免被人认出；二要来去隐蔽、速去速回；三是不许喝酒。"

李逵都答应了，挎（kuà）口腰刀，提条朴刀就下山。宋江又让石勇替朱贵管酒店，让朱贵暗暗跟随李逵，一路照应。

一路上李逵没喝酒，很快来到沂（yí）水县界，一路上李逵既不喝酒，也不惹事，行到沂水县西门外时，见一群人围着看榜，李逵也凑上前去，被朱贵拉起就走。李逵跟朱贵进了一个酒店，朱贵直吵李逵大胆，连捉自己的告示也敢看。李逵说不知道告示是在捉他，问朱贵怎么来了？

朱贵说是宋江不放心李逵一个人回家，让自己暗中跟来，并叫来店主朱富跟李逵认识，说这店是他开的。李逵听说是自家人的酒店，就要喝酒。朱贵就让朱富端来酒菜，喝到四更天，朱贵让李逵回家接娘。

经典名句

酒馨香馥郁（fù yù），如醍醐（tí hú）灌顶，甘露洒心。遇宿重重喜，逢高不是凶。

经典原文

众人饮酒之时，只见公孙胜起身对众头领说道："感蒙众位豪杰相带①贫道许多时，恩同骨肉。只是小道自从跟着晁头领到山，逐日宴乐，一向不曾还乡。蓟（jì）州老母在彼，亦恐我真人本师悬望②，欲待回乡省视一遭。暂别众头领，三五个月再回来相见，以满小道之愿，免致老母挂念悬望之心。"晁盖道："向日③已闻先生所言，令堂在北方无人侍奉。今既如此说时，难以阻当，只是不忍分别。虽然要行，只是来日相送。"公孙胜谢了，当日尽醉方散，各自归帐内安歇。次日早，就关下排了筵（yán）席，与公孙胜饯（jiàn）行。

注释：①带：同"待"。②悬望：挂念。③向日：往日，从前。

课外试题

九天玄女为什么要赐给宋江三卷天书？

主要是因为九天玄女认可宋江奉天行道的事业目标，并让他奉天行道，辅佐国家的君主。

答案

第四十三回

假李鬼遇上真李逵

点 题

李逵杀四虎，却暴露了自己的身份，官府派人来捉他。

　　李逵抄小路直奔老家，在路上被一个自称梁山好汉李逵的人拦住要钱。李逵一刀戳（chuō）中那人大腿，踩住那人骂道："爷爷我才是真正的黑旋风，你竟敢冒充爷爷！"举刀要劈。

　　那人忙叫饶命，说他叫李鬼，如果李逵杀了他，他九十岁的老娘就饿死了。李逵一听李鬼是个大孝子，就放了他，还送给他十两银子奉养老娘。李鬼一瘸（qué）一拐地走了。

　　翻过几座山，李逵又饿又渴，见溪边有户人家，就去敲门。出来一个女人，李逵拿钱请她做顿饭吃。

　　女人去溪边洗菜，李鬼一瘸一拐地走了过来。李逵到屋后小便，正好听见女人和李鬼说话。女人问李鬼怎么了？李鬼说："今天碰上真李逵，被他戳了一刀。我骗他说有九十岁的老娘，他还给了我十两银子。"

　　女人说："刚才家里来了一个黑大汉，你看是不是他？如果是，就弄点儿药麻翻他，把他的银子拿来做生意。"

　　李逵先进屋里等着，那李鬼刚一进来，就被李逵揪住杀了，而那个女人则趁机跑了。李逵见饭已熟，就填饱肚子，搜出给李鬼的银子，走了。

回到家，李逵见娘的两眼瞎了，就撒谎说自己在外当了官，来接她去享福。李逵给哥哥李达留下了五十两银子，背起老娘就走。

月亮升起来时，李逵背着老娘已走到沂（yí）岭。老娘说想喝水，李逵就把老娘放在一块大石头上坐着，自己去找水。等他找到水回来，老娘不见了。

借着月光仔细一看，地上有点点血迹。李逵大惊，提着朴（pō）刀顺着血迹找去，在一个山洞边，看见两只小虎正啃一条人腿。

李逵火冒三丈，冲过去一刀一个，杀了两只小虎，又提刀冲进山洞，洞是空的。正要出洞，母老虎回来了，李逵拔出腰刀就是一刀，母虎疼得向前一蹿，栽下悬崖。

李逵出洞，公虎向他扑来。李逵举刀半蹲，就着虎扑，一刀从老虎下巴划到虎腹。公虎落地，都没挣扎一下，死了。李逵四处都找了一遍，再也没有老虎了，就捡了娘的腿骨，挖了个坑埋了，大哭一场，走下岭来。

几个猎户见李逵一身血迹独自过岭，就问他有没有遇到老虎？李逵说刚刚连杀四虎。猎户们找到四条虎尸，拥着李逵，来到一个叫曹太公的庄上。曹太公一面款待李逵，一面派人报告村里的保正。曹太公问李逵姓名，李逵说叫张大胆。

附近百姓都来看杀虎的好汉。正巧，李鬼的老婆逃回娘家，就在附近，也来看热闹。她见是李逵，就偷偷告诉曹太公，说杀虎的人是梁山黑旋风。曹太公和里正就把李逵灌醉捆上，报了沂水县官。知县派都头青眼虎李云带三十名士兵来押解李逵。

经典名句 云生从龙，风生从虎。

经典原文

劈手夺过一把斧来便砍。李鬼慌忙叫道："爷爷！杀我一个，便是杀我两个！"李逵听得，住了手问道："怎的杀你一个便是杀你两个？"李鬼道："小人本不敢剪径①，家中因有个九十岁的老母，无人养赡（shàn），因此小人单题②爷爷大名唬吓人夺些单身的包裹，养赡老母，其实并不曾敢害了一个人。如今爷爷杀了小人，家中老母必是饿杀。"李逵虽是个杀人不眨眼的魔君，听的说了这话，自肚里寻思道："我特地归家来取娘，却倒杀了一个养娘的人，天地也不佑我。罢罢！我饶了你这厮性命！"放将起来。李鬼手提着斧，纳头便拜。李逵道："只我便是真黑旋风，你从今以后，休要坏了俺的名目。"李鬼道："小人今番得了性命，自回家改业，再不敢倚着爷爷名目，在这里剪径。"李逵道："你有孝顺之心，我与你十两银子做本钱，便去改业。"李鬼拜谢道："重生的父母！再生的爹娘！"李逵便取出一锭（dìng）银子，把与李鬼，拜谢去了。

注释：①剪径：拦路抢劫。②题：同"提"。

课外试题

假李鬼遇上真李逵，为什么当场没有被李逵杀掉？

答案：因为李鬼谎说自己有九十岁的老母亲要赡养，于是真李逵动了恻隐之心，便放了李鬼。

第四十四回

病关索
长街遇石秀

人物 裴宣（地正星）
绰号 贴面孔目（梁山排名第47位）
性格 铁面无私、刚正不阿
兵器 双剑

点题

一个堂堂的蓟（jì）州府两院押牢在大街上被围攻，幸亏一个卖柴的出手解围，奇怪！

李逵被捉，朱贵和朱富商量营救。朱富很为难，李云是他师傅，要救李逵，必伤李云。朱贵说先救李逵要紧，不行的话，就逼李云同上梁山。朱富只好让伙计先送家小连夜上梁山，然后准备好酒菜，下了蒙汗药。

天刚亮，兄弟俩带着伙计挑了酒肉，到路口去等候李云他们。李云和士兵们从曹家庄押着李逵走来，一起来的还有李鬼老婆、曹太公和几个村户，都想跟到县里去领赏。

朱富上前为师傅庆功，朱贵跟着敬酒，李云不会喝酒，勉强抿了一口儿。朱富又请士兵们喝酒吃肉，请李云也吃了几块肉。不一会儿，酒肉一扫而光，士兵们个个倒在地上。李云吃得少，心中清楚，手脚却动不了。朱贵放开李逵，李逵拿刀把李鬼老

裴宣，京兆府人氏，曾在上饮马川落草，后受到戴宗招纳，入伙梁山，担任军政司。

婆、曹太公等人全杀了。

李云药性过去，要杀朱富。朱富解释说，他哥哥朱贵领了宋江的命令，照护李逵。李大哥被拿，朱贵无法交差，只好这样。朱富劝师傅一同上梁山，比回去吃官司强，李云也只好如此。于是四人便起身前往梁山泊，在靠近梁山泊的时候，路上又遇见了马麟、郑天寿，于是便让二人先回去禀报消息。

晁盖见公孙胜回去探母很久没回，就派戴宗到蓟州去请。戴宗离开梁山泊后，做起了神行法，不出几日便来到了沂水县界，只听此处的人说："前几天黑旋风伤了好多人，连累了都头李云，现在不知去向。"正要离开之际，突然被一大汉拦住，询问之下，得知此人是锦豹子杨林，而杨林想要陪戴宗一起前往蓟州寻公孙胜，于是二人便结义为兄弟一同前往。

数日后二人在一个叫饮（yìn）马川的地方，遇见火眼狻猊（suān ní）邓飞、玉幡（fān）竿孟康和铁面孔目裴（péi）宣三人。戴宗和杨林让三人等他俩从蓟州回来，就一起上梁山。

戴宗、杨林离了饮马山寨之后，夜以继日地行走了数天，一早来到了蓟州城外，在蓟州找了好几天，也没找到公孙胜。这天下午，二人正在街上寻找，碰上蓟州府两院押牢兼刽子手病关索杨雄，刚斩了犯人，领了知府赏赐的银两和绸缎，由小狱卒捧着送回家。

一群地痞（pǐ）围上来，两三人抱住杨雄，其他人抢了银两绸缎就跑。一个卖柴的年轻人正好路过，三拳两脚，打跑了地痞。

戴宗见那年轻人武艺高强，就和杨林一起邀请他到酒楼喝酒叙话。年轻人自报家门说叫石秀，因为打架不顾性命，人称拼命三郎。戴宗报出姓名，邀请石秀上梁山，又送石秀十两银子。石秀正要开口，杨雄带人找来。因为官府正在通缉自己，戴宗拉上杨林走了。

五好汉星夜上梁山示意图

杨雄找到石秀，双方报了姓名。杨雄问清石秀情况，跟石秀结拜为兄弟。杨雄为兄，石秀为弟，杨雄让石秀住到他家。

回到家，杨雄叫妻子潘巧云收拾一间房子给石秀住。第二天，杨雄的岳父潘公与石秀商量，让石秀在后院巷子里开一个肉铺，石秀高兴地答应。潘公找来两个伙计给石秀打下手，石秀买来十多头猪，择个吉日开张，生意很是兴隆。

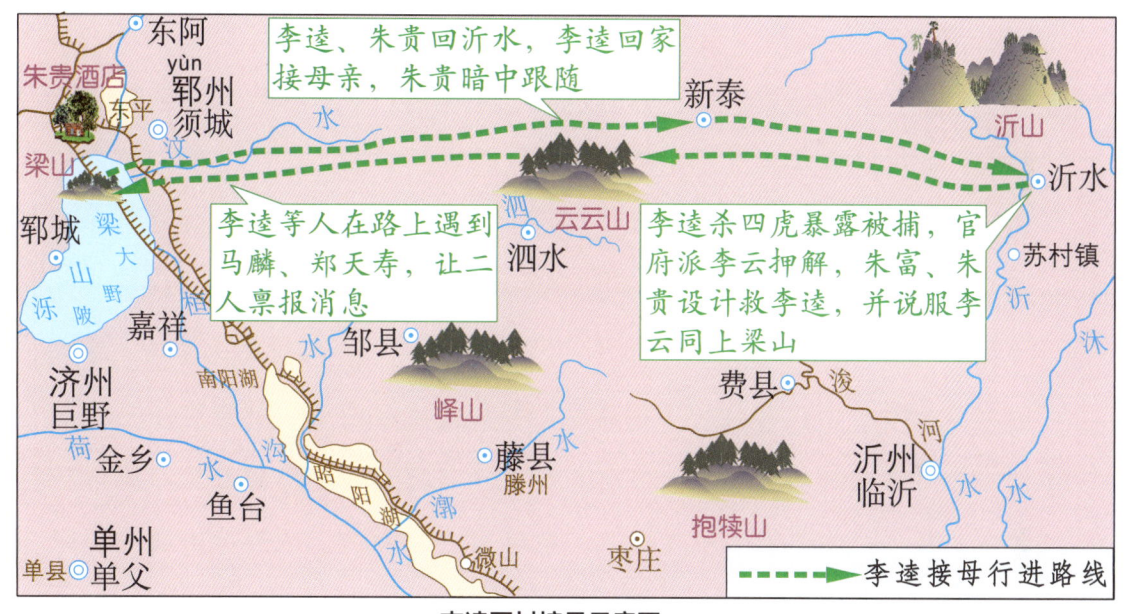

李逵回村接母示意图

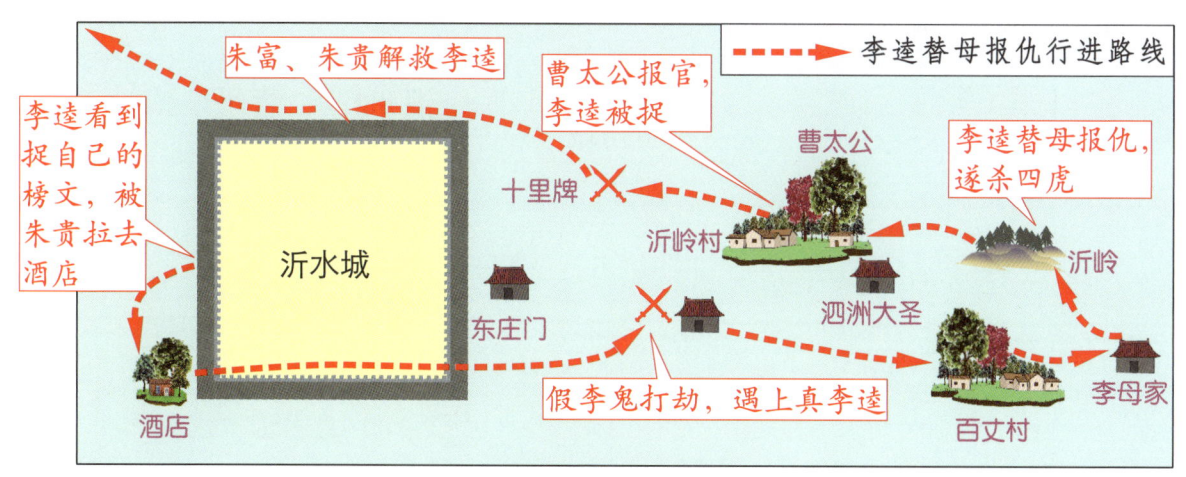

李逵沂岭杀四虎示意图

戴宗和杨林在蓟州城寻了数日，都没有找到他的下落，于是二人便商议先回去，以后再来寻找。于是两人当下便离开蓟州，往饮马川走去，后来和裴宣、邓飞、孟康一行人马，扮作官军，往梁山泊走去。

经典名句

路见不平，拔刀相助。

四海之内皆兄弟也。

人无千日好，花无百日红。

经典原文

正闹中间，只见一条大汉挑着一担柴来，看见众人逼住杨雄动弹不得。那大汉看了，路见不平，便放下柴担，分开众人，前来劝道："你们因甚①打这节级？"那张保睁起眼来喝道："你这打脊饿不死冻不杀的乞丐，敢来多管！"那大汉大怒，焦躁起来，将张保劈头只一提，一跤撷（diān）翻在地。那几个帮闲的见了，却待要来动手，早被那大汉一拳一个，都打的东倒西歪。杨雄方才脱得身，把出本事来施展动，一对拳头撺梭（suō）②相似，那几个破落户，都打翻在地。张保尴尬不是头，扒将起来，一直走了。杨雄忿（fèn）怒，大踏步赶将去。张保跟着抢包袱的走，杨雄在后面追着，赶转小巷去了。

注释：①甚：什么。②撺梭：往来穿梭，形容快。

课外试题

石秀的绰号叫什么？

答案：拼命三郎。

第四十五回

翠屏山杨雄怒杀妻

人物	杨雄（天牢星）
绰号	病关索（梁山排名第32位）
性格	正直果敢
兵器	朴刀

点题

石秀的到来，让杨雄家破人亡，因为石秀看见了不好的事情。

转眼已到初冬。这天石秀买猪回来，见肉铺上了门板。他一问潘公，才知道潘巧云今天为前夫王押司去世两周年在家做法事，潘巧云是在王押司病故后才改嫁杨雄的。

第二天，报恩寺的和尚来做法事，杨雄公务在身，潘公请石秀帮忙接待。下午，一个道人来家里铺设了坛场、布置了法器后，一个年轻英俊的和尚进了门。那和尚一来就和潘巧云眉来眼去，显然二人早就熟悉。石秀看在眼里，不便多说。潘巧云介绍说，和尚俗名裴如海，人称海和尚，是潘公的干儿子。

做法事时，潘巧云和海和尚动作不避嫌疑。石秀当面撞破，让他们警觉，但潘巧云仍与海和尚尽情说笑。石秀看不惯，睡觉去了。

杨雄，河南人民，因杀死与人通奸的妻子而上梁山，担任步军头领。

后来，潘巧云又找还愿的借口，到庙里和海和尚约会。在约会时他们商量好以后每逢杨雄晚上值班，潘巧云就让迎儿在后门摆一个香桌，以烧香为号，海和尚就前来私会。海和尚再买通打更的胡头陀（tuó），五更时来巷里敲木鱼，提醒海和尚回寺。

就这样，两人暗地里来往一个多月，没人知道。

石秀是个精细人，每次胡头陀的木鱼声都引起他的怀疑。这天又听到木鱼声响，石秀发现海和尚从后门走出，顿时明白了。

石秀把海和尚和潘巧云的事跟杨雄说了。两人定计，杨雄明天装作值班，半夜回来捉奸。

事不凑巧，知府当天请客，杨雄喝得醉醺醺地回了家。潘巧云服侍他睡下时，杨雄想起白天石秀说的话，骂道："等我捉了那秃驴，把你们一齐杀了！"潘巧云心中有鬼，不敢吱声，趁杨雄睡着，反想了一个主意。等杨雄醒来，潘巧云哭哭啼啼告诉杨雄，说石秀调戏她。杨雄偏听偏信，把石秀赶出家门。

石秀受了委屈，暗暗打定主意：让事实说话。他就在附近一家客店住下，等待胡头陀出现。

过了几天，杨雄晚上又去值班。五更时，等胡头陀敲完木鱼，石秀跳出来杀了胡头陀。等海和尚从杨雄家走出，石秀又把他拉到胡头陀尸体身边杀掉，把他两人脱得赤条条的，把刀塞到胡头陀手中，拿走两人的衣裳。

黎明时分，住在巷里的王老汉挑糕粥去赶早市，发现死尸，报了官。知府派人前往验尸，没有线索，稀里糊涂结了案。

杨雄猜是石秀干的，出了衙门去找石秀赔不是，并决定把事弄个水落石出。

第二天吃过早饭，杨雄买了香烛，请了轿子，让潘巧云坐上，抬到翠屏山半山腰一个僻静的地方。原来这翠屏山在蓟州东门外二十里处，上面没有庵舍寺院，尽是古墓。石秀出现，和潘巧云对质，潘巧云抵赖，杨雄逼着迎儿，把潘巧云与海和尚的丑事一一说出，然后把潘巧云和迎儿都杀了。

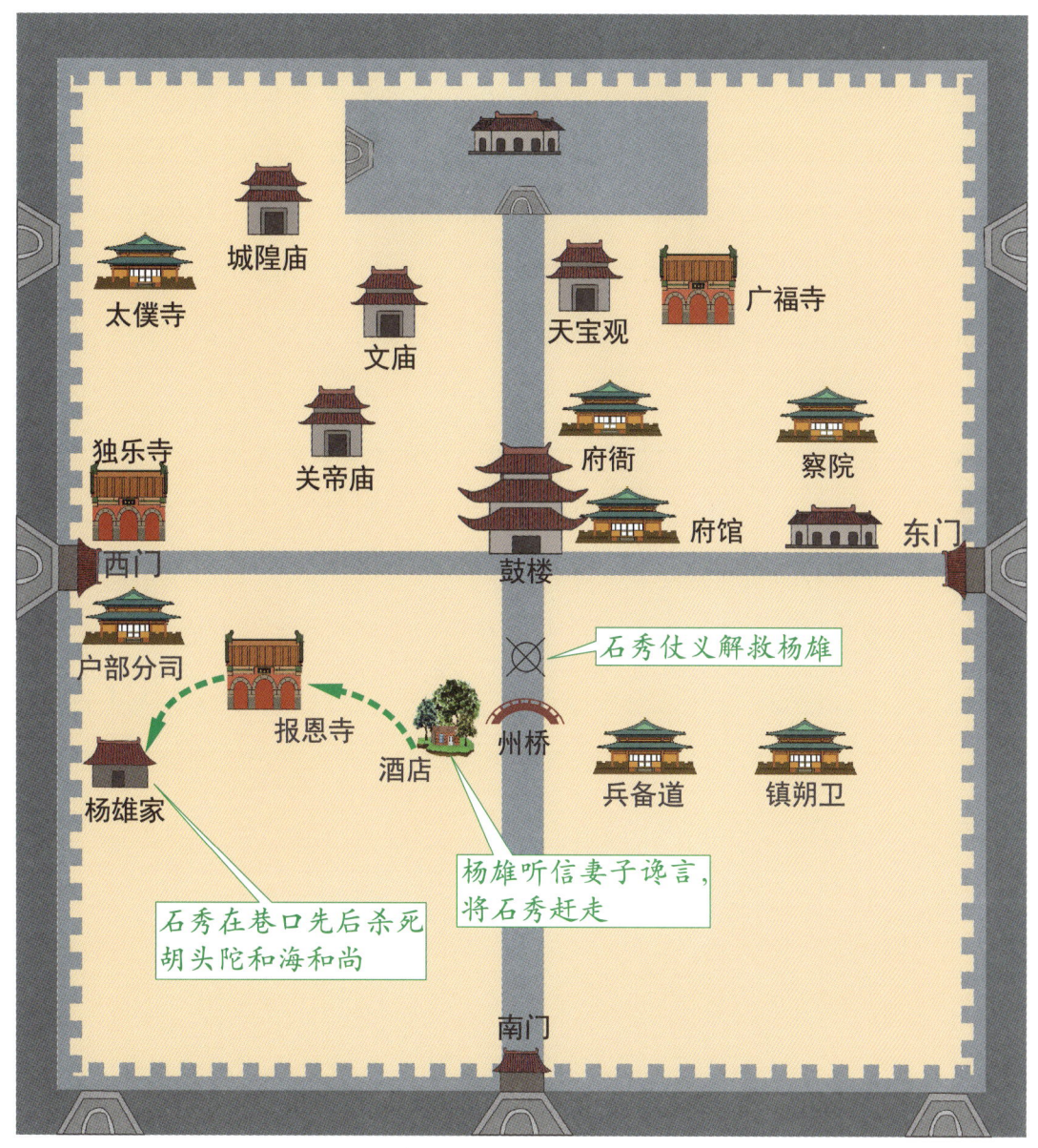

石秀智杀胡头陀和裴如海示意图

> **经典名句**
> 画龙画虎难画骨，知人知面不知心。
> 破屋更遭连夜雨，漏船又遇打头风。
> 种瓜还得瓜，种豆还得豆。

经典原文

且说这石秀每日收拾了店时，自在坊里歇宿，常有这件事挂心①，每日委决②不下，却又不曾见这和尚往来。每日五更睡觉，不时跳将起来料度③这件事。只听得报晓头陀直来巷里敲木鱼，高声叫佛。石秀是个乖觉的人，早瞧了八分，冷地里思量道："这条巷是条死巷，如何有这头陀连日来这里敲木鱼叫佛？事有可疑。"当是十一月中旬之日五更，石秀正睡不着，只听得木鱼敲响，头陀直敲入巷里来，到后门口高声叫道："普度众生救苦救难诸佛菩萨。"石秀听得叫得跷蹊（qiāo qi）④，便跳起来，去门缝里张时，只见一个人，戴顶头巾，从黑影里闪将出来，和头陀去了，随后便是迎儿来关门。石秀见了，自说道："哥哥如此豪杰，却恨讨了这个淫（yín）妇！倒被这婆娘瞒过了，做成这等勾当！"巴得天明，把猪出去门前挑了，卖个早市。饭罢讨了一遭赊（shē）钱，日中前后，径到州衙前来寻杨雄。

却好行至州桥边，正迎见杨雄。杨雄便问道："兄弟那里去来？"石秀道："因讨赊钱，就来寻哥哥。"杨雄道："我常为官事忙，并不曾和兄弟快活吃三杯，且来这里坐一坐。"杨雄把这石秀引到州桥下一个酒楼上，拣一处僻净阁儿里，两个坐下，叫酒保取瓶好酒来，安排盘馔（zhuàn）海鲜按酒。二人饮过三杯，杨雄见石秀只低了头寻思。

注释：①挂心：惦记在心里。②委决：决定。③料度：揣摩。④跷蹊：可疑，奇怪。

课外试题

杨雄为什么杀了妻子？

答案：因为妻子和和尚私通，并且陷害石秀。

第四十六回

鼓上蚤
惹祸祝家店

人物	绰号	性格	兵器
石秀（天慧星）	拼命三郎（梁山排名第33位）	精明强干，易冲动	枪棒、朴刀

点题

时迁偷鸡惹祸，被捉进祝家庄，杨雄、石秀去梁山搬救兵。

两人正要离开古墓之际，忽然听见有人说："光天化日杀人，该当何罪？"

两人吓了一跳，只见松树后出现一人，笑嘻嘻地拜倒在地，说："哥哥们上梁山，带上我吧！"杨雄一看，原来是自己关照过的时迁。时迁轻功高超，擅长飞檐（yán）走壁，喜欢偷鸡摸狗，人称鼓上蚤（zǎo）。

石秀，江南人氏，喜欢打抱不平，与杨雄为结拜兄弟，后一起入伙梁山。

三人结伴而行。时迁路熟，引着杨雄、石秀走小路往梁山去。不几天，他们来到郓（yùn）州地面，过了香林洼，只见一座高山，不觉间天色逐渐暗了下来。他们看见前面有一家靠溪客店，就进去投宿，并让店小二准备饭菜。店小二说，天到这般时候，饭菜都没有了。时迁就让店

杨雄怒杀潘巧云示意图

小二拿来米,自己做饭。小二拿来五升米,先去睡了。

不一会儿,时迁做好饭,并端来一只熟鸡。石秀问:"不是说没有菜了吗?鸡从哪儿来的?"时迁说:"我去河边淘米,见屋后笼子里有只鸡,就偷来杀了。"杨雄笑骂:"改不了偷鸡摸狗的老毛病。"

店小二睡不踏实,起来前后转了一圈,发现鸡没了。他找到厨房,见有半锅鸡汤,来到杨雄房里,又见一桌骨头,气不打一处来,就让他们赔鸡。

时迁嘴硬,不承认偷了鸡,和店小二吵了起来。店小二威胁他们说:"这里是祝家庄,要是敢闹事,祝老爷就把你们当梁山贼人,抓了送官!"

时迁一巴掌把店小二打了个跟斗,说:"老爷三个就是梁山好汉,你能怎么着?"店小二马上叫来几个大汉,拿着兵器,要捉三人。三人把这几个人打得一哄而散。

三人背上包袱逃跑,却见四处都是灯笼火把,一二百人过来把三人围住。三人抖擞(dǒu sǒu)精神,挺刀迎战,不一会儿就倒下十多人,但一人不抵二手,杨雄和石秀死战逃走,时迁被捉。

两人冲出重围,继续往梁山走,走到半晌午,见路边有个酒店,就进去喝酒歇脚。店小二端上酒菜,两人正要吃,从外面又走进一个大汉,叫店主:"大官人让你们把东西挑到庄上交纳。"店主说:"一会儿就去。"那大汉正要走,杨雄却认出他来,叫道:"小郎,你怎么在这里?"

经典名句

庭幽暮接五湖宾，户敞（chǎng）朝迎三岛客。
涧边老桧（guì）摩云，岩上野花映日。
数百株垂柳当门，一两树梅花傍屋。

经典原文

石秀道："不要争，值几钱，赔了你便罢。"店小二道："我的是报晓鸡，店内少他不得。你便赔我十两银子也不济，只要还我鸡！"石秀大怒道："你诈哄①谁，老爷不赔你便怎地？"店小二笑道："客人，你们休要在这里讨野火②吃！只我店里不比别处客店，拿你到庄上，便做梁山泊贼寇（kòu）解了去。"石秀听了大骂道："便是梁山泊好汉，你怎么拿了我去请赏！"杨雄也怒道："好意还你些钱，不赔你怎地拿我去！"小二叫一声："有贼！"只见店里赤条条地走出三五个大汉来，径奔杨雄、石秀来，被石秀手起，一拳一个都打翻了。小二哥正待要叫，被时迁一掌打肿了脸，作声不得。这几个大汉都从后门走了。杨雄道："兄弟，这厮们一定去报人来。我们快吃了饭走了罢。"

注释：①诈哄：讹（é）诈。②讨野火：找麻烦。

课外试题

时迁因为什么事情被抓进祝家庄？

答案：杨雄、石秀和时迁在登州山里投宿一家客店，时迁偷了店里的鸡吃。

第四十七回

宋公明一打祝家庄

人物	绰号	性格	兵器
李应（天富星）	扑天雕（梁山排名第11位）	仗义疏财、暴躁易怒	浑铁点钢枪、飞刀

点题

祝家庄易守难攻，宋江带兵攻打，出师不利。

那大汉原来是杨雄在蓟州救过的一名死刑犯，叫鬼脸儿杜兴，现在是李家庄扑天雕李应家的主管。杨雄说了时迁被擒的事，杜兴说可以请李应帮忙说情。

二人跟杜兴来到李家庄，李应答应帮忙，两次写信到祝家庄请求对方放人。结果祝家庄不买账，庄主祝朝奉的三儿子祝彪还和李应动了手，用箭射伤李应。杨雄、石秀只好去求助梁山。

来到梁山，晁盖听杨雄、石秀说了经过，便要杀二人，原因就是这二人败坏了梁山的名声。宋江、戴宗等人说情，晁盖、宋江才设宴为二人接风洗尘，然后商议攻打祝家庄。

分工为：晁盖等八人守山寨，宋江等

李应，原是李家庄庄主，梁山攻灭祝家庄后，带着全家上了梁山，主司掌管钱粮。

十人率队先行，林冲等九人率队接应，宋万、郑天寿接应粮草。

部队开赴祝家庄。安营扎寨后，宋江派石秀扮作卖柴的，杨林扮作法师，一前一后进庄侦察。

石秀挑柴进庄，装作迷路，向一个老人打听情况。老人让他快走，石秀问原因，老人说庄主祝朝奉跟梁山有仇，已经发动村儿里青壮男子随时参战。石秀故意装作不相信，说村里人打不过敌人的这么多人。

老人笑了笑，说光祝家庄就有一二万户人，还有东村的李大官人、西村的扈（hù）三娘帮忙，再加上庄内道路复杂，外地人进来，不一定走得出去。

石秀一听赶紧说："我把柴送给您，求您指条活路。"老人说："你只要遇见白杨树转弯就是活路，遇见别的树转弯，还会转回原处，有些地方还埋着竹签与铁蒺藜（tiě jí li），小心扎脚。"

石秀拜谢老人，正说着，一群人押着杨林经过老人门口，石秀知道杨林迷路被捉了。

石秀正要走，几个庄兵骑马挨家通知："今夜以红灯为号，齐心合力捉拿梁山贼人，官府有赏。"老人说："今晚你走不了了，就在我家住下，明天再走。"

宋江等不回石秀、杨林，就命令进攻。这时天色已晚，四下一片漆黑，李逵拍着双斧破口大骂，庄上根本不理睬。宋江忙传令退兵，话音未落，一声炮响，四下灯火通明，杀声震天。宋江等人马中了埋伏，四下寻路，走了一阵，又回到原处，许多喽啰（lóu luo）还被扎伤了脚。

宋江等人正在着急，石秀跑来，让人马见了白杨树就转弯。他们走了五六里地，还是摆不脱敌军。石秀想起来，指着半空中一盏灯笼说："他们以灯笼为号，我们走到哪里，灯就照到哪里。"

宋江第一次攻打祝家庄示意图

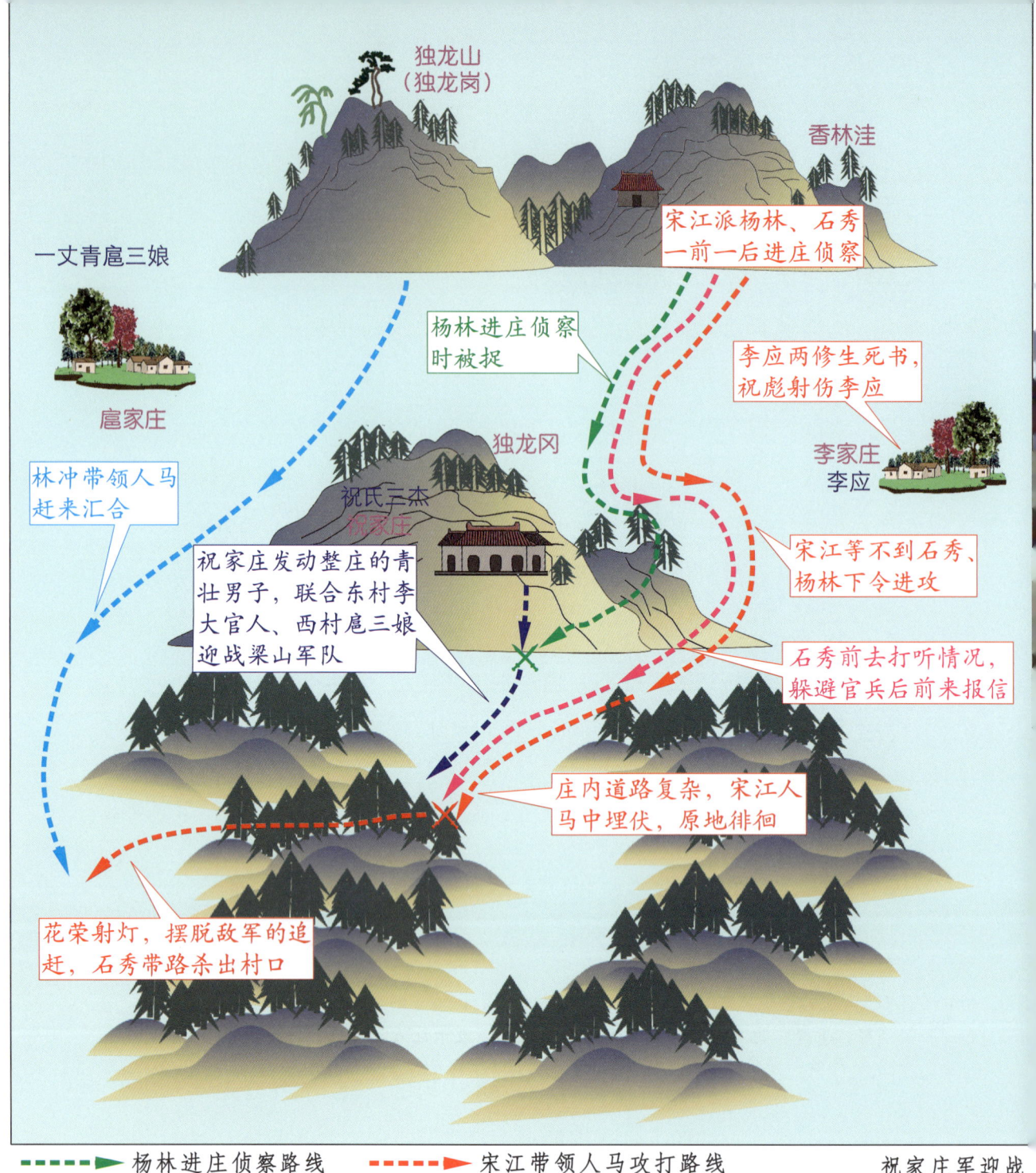

- 独龙山（独龙岗）
- 香林洼
- 一丈青扈三娘
- 扈家庄
- 独龙冈
- 祝氏三杰 祝家庄
- 李家庄 李应

路线说明：
- 宋江派杨林、石秀一前一后进庄侦察
- 杨林进庄侦察时被捉
- 李应两修生死书，祝彪射伤李应
- 林冲带领人马赶来汇合
- 祝家庄发动整庄的青壮男子，联合东村李大官人、西村扈三娘迎战梁山军队
- 宋江等不到石秀、杨林下令进攻
- 石秀前去打听情况，躲避官兵后前来报信
- 庄内道路复杂，宋江人马中埋伏，原地徘徊
- 花荣射灯，摆脱敌军的追赶，石秀带路杀出村口

图例：
- ----▶ 杨林进庄侦察路线
- ----▶ 宋江带领人马攻打路线
- ----▶ 祝家庄军迎战梁山军路线
- ----▶ 石秀进庄侦察路线
- ----▶ 林冲带领人马汇合路线

宋江第一次攻打祝家庄示意图

花荣一箭把灯射了下来，敌军失去目标。石秀在前带路，杀出村口，正好碰上林冲带领的人马赶到，两队合兵一处，在村口扎寨，天色已亮。

宋江查点人马，不见黄信。原来黄信在昨夜被路边埋伏的挠钩拖翻，被活捉去了。

经典名句

安排缚虎擒龙计，要捉惊天动地人。

聪明遭折挫，狡狯（kuài）失便宜。

良善为身福，刚强是祸基。

马额下红缨如血染，宝镫（dèng）边气焰似云霞。

经典原文

李应出到前厅，连忙问道："你且说备细缘故，怎么地来？"杜兴道："小人赍（jī）①了东人书呈，到他那里第三重门下，却好遇见祝龙、祝虎、祝彪弟兄三个坐在那里。小人声了三个喏②。祝彪喝道：'你又来做甚么？'小人躬（gōng）身禀道：'东人有书在此拜上。'祝彪那厮变了脸，骂道：'你那主人恁（nèn）③地不晓人事！早晌使个泼男女来这里下书，要讨那个梁山泊贼人时迁。如今我正要解上州里去，又来怎地？'小人说道：'这个时迁不是梁山泊人数。他自是蓟州来的客人，今投敝（bì）庄东人。不想误烧了官人店屋，明日东人自当依旧盖还。万望高抬贵手，宽恕，宽恕！'祝家三个都叫道：'不还，不还！'小人又道：'官人请看，东人书札在此。'祝彪那厮接过书去，也不拆开来看，就手扯的粉碎，喝叫把小人直叉出庄门。

注释：①赍：把东西送给别人。②喏：叹词，表示让人注意自己所指示的事物。③恁：那么，那样，如此，这样。

课外试题

宋江一打祝家庄胜负如何？

答案：失败。宋江由于轻敌且有欧鹏等人折损，且盲目于作战，所以招致失败。

第四十八回

宋公明二打祝家庄

人物	扈三娘（地慧星）
绰号	一丈青（梁山排名第59位）
性格	智勇双全、倔强
兵器	日月双刀、红锦套索

点题

祝家庄很难对付，连着两战，梁山好汉就有五人被捉，而梁山方只捉到了扈三娘。

宋江见仗还没开打，就被活捉了两个兄弟，非常灰心。杨雄建议宋江去拜访李应，讨讨主意。宋江就带了厚礼，和花荣、杨雄、石秀等人直奔李家庄。

李应借口箭伤未好，不见宋江。杜兴告诉宋江："虽然祝、李、扈三庄联盟，但祝彪伤我主人，我们不会帮他忙了。你们只防扈家庄的扈三娘就行了。祝家庄前门在独龙冈前，后门在冈后，要攻打就两头夹攻。至于庄里的路，见白杨树转弯就行了。"石秀说庄里已把白杨树都砍了，杜兴说："砍了树还有树根。所以你们只能白天攻打，不可黑夜进兵。"宋江谢了杜兴，回寨。

宋江决定分三路再打祝家庄，带了马麟、邓飞、欧鹏、王英四人，亲自打头阵，后面两路跟进。

扈三娘，原是独龙冈扈家庄扈太公的女儿，入伙梁山后，成为宋江的义妹，被指婚嫁给王英。

独龙山
（独龙岗）
香林洼
一丈青扈三娘
扈家庄
扈三娘带人马迎战
马麟、邓飞把住后门
马麟、邓飞来相助
王英、邓飞、秦明
被扈三娘活捉
独龙冈
李家庄
李应
宋江、欧鹏、王英迎战
祝氏三杰
祝家庄
欧鹏受伤，
只剩马麟
保护宋江
向南逃去
祝朝奉派祝彪
前来接应
扈三娘、栾廷玉、
祝龙紧追不舍
林冲、花荣、穆弘、
李逵攻前门
穆弘、杨雄、石秀、
花荣、李逵赶到
林冲生擒
扈三娘
宋江眼看要被追
上，向东逃去

宋江一行人攻祝家庄路线　　祝家庄一行人迎战宋江路线

宋江第二次攻打祝家庄示意图

后两路人马到齐，宋江让他们攻前门，自己领人马去打后门。

来到后门，西面有人马杀来。宋江让马麟、邓飞堵住后门，自己和

欧鹏、王英迎敌。

杀来的是一丈青扈三娘。王英上阵，斗了十多个回合，王英被扈三娘活捉。欧鹏忙去救王英，打不过扈三娘，邓飞赶来相助。祝龙在门楼上看见，忙开了庄门，来捉宋江。马麟敌住祝龙，秦明直奔祝龙，替下马麟。马麟去抢王英，扈三娘又丢下欧鹏，迎战马麟。

祝龙打不过秦明，祝家庄的武术教练栾（luán）廷玉暗带铁锤，跃马挺枪杀了出来。欧鹏举枪迎战，栾廷玉往旁边跑，欧鹏去追，栾廷玉回身一锤，把欧鹏打下马，邓飞顶上，小喽啰忙将欧鹏救下。

祝龙打不过秦明，回马就走，栾廷玉丢下邓飞，来战秦明。打了二十回合，栾廷玉诈败逃走，秦明赶去，被荒草中拽起的绊马索将马绊倒，秦明被活捉。邓飞去救秦明，四下里挠钩齐出，把邓飞也捉了。

欧鹏受伤，剩下马麟一人保护宋江，往南逃去。栾廷玉、祝龙、扈三娘紧追不舍。眼看就要被擒，穆弘、杨雄、石秀、花荣赶到，祝朝奉又派祝彪前来接应，双方混战一团。

扈三娘见宋江身边无人保护，飞马来捉，宋江拨马往东逃。眼看就要被追上，李逵带人来了。一丈青见李逵凶猛，拨马想走，遇上林冲。二人没打几个回合，林冲生擒扈三娘。

宋江让人连夜把扈三娘送到梁山，交给宋太公看管，又把欧鹏送上山养伤。

天亮后，吴用领五百人马，带了好酒好肉前来犒（kào）军。宋江把吴用接进寨里，说两次攻打祝家庄都出师不利。吴用说："我来后，祝家庄指日可破。"

经典名句

从空伸出拿云手,提起天罗地网人。
对敌尽皆雄壮士,当锋多是少年郎。
樽(zūn)酒常时延(yán)好客,山林镇日会豪强。

经典原文

这边秦明和祝龙斗到十合之上,祝龙如何敌得秦明过。庄门里面那教师栾廷玉,带了铁锤,上马挺枪,杀将出来。欧鹏便来迎住栾廷玉厮杀。栾廷玉也不来交马,带住枪时,刺斜①里便走。欧鹏赶将去,被栾廷玉一飞锤正打着,翻筋斗下马去。邓飞大叫:"孩儿们救人!"上马飞着铁枪,径奔栾廷玉。宋江急唤小喽啰救得欧鹏上马。那祝龙当敌秦明不住,拍马便走。栾廷玉也撇②了邓飞,却来战秦明。两个斗了一二十合,不分胜败,栾廷玉卖个破绽,落荒即走。秦明舞棍径赶将去,栾廷玉便望荒草之中跑马入去。秦明不知是计,也追入去。原来祝家庄那等去处,都有人埋伏,见秦明马到,拽起绊马索来,连人和马都绊翻了,发声喊,捉住了秦明。邓飞见秦明坠马,慌忙来救,急见绊马索拽,却待回身,两下里叫声:"着!"挠钩似乱麻一般搭来,就马上活捉了去。宋江看见,只叫得苦,止救得欧鹏上马。

注释:①刺斜:旁边。②撇:丢下。

课外试题

宋江二打祝家庄,战绩如何?

答案:损兵折将,并没有取得实际战功。

第四十九回

病尉迟
舍官救二解

人物 解珍（天暴星）
绰号 两头蛇（梁山排名第 34 位）
性格 老实忠厚、勇猛
兵器 浑铁点钢叉

点题

宋江打祝家庄陷入僵局，恰好孙立反了登州来投，帮了宋江一个大忙。

宋江急忙问吴用有什么办法可以破敌。吴用告诉宋江，有个人和栾廷玉是师兄弟，五天之内来投梁山，要拿祝家庄当见面礼。宋江听了才欢喜起来。

原来，在宋江攻打祝家庄时，山东登州也发生了另外一件事。

登州城外的登云山有老虎经常伤人。登州知府严令当地猎户，三天之内必须捉到老虎，不然就吃官司。

登云山下有两个猎户兄弟：哥哥叫两头蛇解（xiè）珍；弟弟叫双尾蝎（xiē）解宝。接到官府命令，兄弟俩就在山上设了窝弓（wō gōng），连守两昼夜，终于在晚上有只老虎中了毒箭，从山上滚落到山脚毛太公家

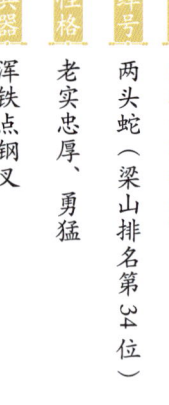

解珍，原为登州猎户，受到地主毛太公的陷害入狱，后越狱入伙梁山，任职步军头领。

后园。

两人一早到毛太公家里要虎，毛太公热情地安排酒饭招待两人，然后引两人到后园找虎，却没有老虎。

原来昨晚毛太公已让儿子毛仲义把死虎送到衙门领赏。解珍、解宝早上上门讨要，已经晚了，被毛太公父子诬赖抢掳（lǔ）财物，剥得赤条条地，解上州里。随后毛太公父子又买通衙门，将解珍、解宝二人打入死牢，斩草除根，以免日后遭报复。

看管两兄弟的牢头铁子乐和，是两兄弟的大表哥病尉迟孙立的妻弟。两兄弟请乐和给二表哥小尉迟孙新夫妻捎个信，来救他们。随后乐和便前往孙新的老婆顾大嫂酒店送信。

孙新找来两个好朋友出林龙邹（zōu）渊、独角龙邹润，准备劫牢。这邹渊、邹润最是好赌，如今在登云山台峪里聚众打劫。邹渊还想到了上梁山的退路。邹润担心登州军马追赶，孙新说他亲哥哥是登州军马提辖（xiá），只要他帮忙就不怕。邹渊怕孙立不肯上梁山，孙新说："我自有办法。"

孙新谎称老婆顾大嫂病危，让孙立一家前来探病。孙立和乐大娘子来了，顾大嫂把实情告诉孙立，说他们马上去劫牢救人，然后投梁山，让孙立跟他们一块儿干、一起上梁山。

孙立不同意，顾大嫂说："哥哥不同意，我们也要干，然后上梁山。你就替我们吃官司吧！"孙立想了一会儿，只好说："你们已经决定了，我也脱不了干系，一起干吧！"

于是，顾大嫂假装送饭，进到牢里，让解珍、解宝早做准备。孙立、邹渊、邹润也来到牢里。几个人如龙似虎，很快解决了牢中的兵士，来到街上。孙立骑着马，弯弓搭箭，在后面掩护他们出城。

解珍解宝双越狱孙立孙新大劫牢示意图

地图标注

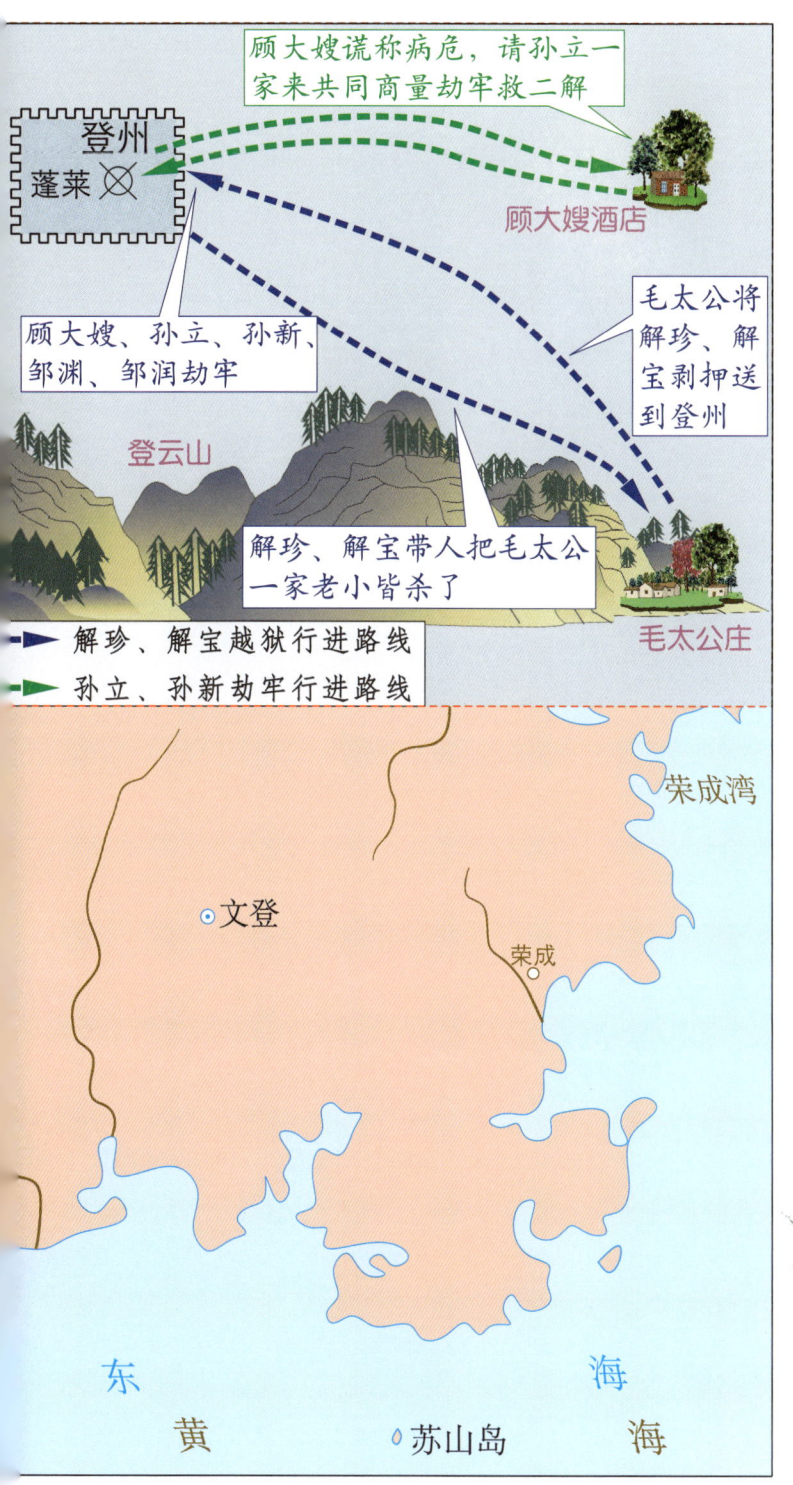

登州 蓬莱

顾大嫂谎称病危，请孙立一家来共同商量劫牢救二解

顾大嫂酒店

顾大嫂、孙立、孙新、邹渊、邹润劫牢

毛太公将解珍、解宝剥押送到登州

登云山

解珍、解宝带人把毛太公一家老小皆杀了

毛太公庄

▶ 解珍、解宝越狱行进路线
▶ 孙立、孙新劫牢行进路线

荣成湾

文登

荣成

东 海

黄 海

苏山岛

解珍、解宝带人把毛太公一门老小杀得一个不留，放火烧了庄院，一行人星夜上梁山。问起杨林、邓飞，吴用说两人跟宋江去打祝家庄，被祝家庄捉了。孙立当即跟吴用说了条计策，吴用听完大喜。吴用与其商议结束后，便带着孙立等八位好汉来拜见宋江，宋江听完里应外合之计，顿时大喜，连忙设宴招待众人。在与吴用等人对完暗号后，孙立等一行人马便前往祝家庄行事。

077

经典名句

斩草除根，萌芽不发。

忠义立身之本，奸邪坏国之端。

狼心狗幸滥（làn）居官，致使英雄扼（è）腕。

经典原文

孙立听罢，大笑道："我等众人来投大寨入伙，正没半分功劳。献此一条计策，打破祝家庄，为进身①之报，如何？"石勇大喜道："愿闻良策。"孙立道："栾廷玉那厮，和我是一个师父教的武艺。我学的枪刀，他也知道；他学的武艺，我也尽知。我们今日只做登州对调来郓州守把经过，来此相望，他必然出来迎接。我们进身入去，里应外合，必成大事。此计如何？"正与石勇说计未了，只见小校报道："吴学究下山来，前往祝家庄救应去。"石勇听得，便叫小校快去报知军师，请来这里相见。说犹②未了，已有军马来到店前，乃是吕方、郭盛并阮（ruǎn）氏三雄，随后军师吴用带领五百人马到来。石勇接入店内，引着这一行人都相见了，备说投托入伙献计一节。吴用听了大喜，说道："既然众位好汉肯作成山寨，且休上山，便烦请往祝家庄行此一事，成全这段功劳如何？"孙立等众人皆喜，一齐都依允了。吴用道："小生今去也。如此见阵，我人马前行，众位好汉随后一发便来。"

注释：①进身：被录用或提升。②犹：还没有。

课外试题

毛太公为什么要诬陷解珍、解宝？

答案：想夺他们猎捕虎之功，并私入己家，才生此阴险毒辣之计。

第五十回

宋公明三打祝家庄

人物 解宝（天哭星）
绰号 双尾蝎（梁山排名第35位）
性格 聪明、勇猛
兵器 浑铁点钢叉

点题

孙立的到来，让祝家庄土崩瓦解，宋江三打祝家庄大获全胜。

宋江正和吴用商量事情，扈成来见，请宋江放了他妹妹。宋江让扈成别再帮祝家庄，等攻下祝家庄，就放他妹妹。

孙立带人马来到祝家庄，栾廷玉说孙立是他师弟，从登州调往郓州，半道听说祝家庄和梁山贼寇厮杀，特来相助。祝朝奉父子看孙立带着家眷老小，就相信了栾廷玉的话，盛情款待孙立一行人。

休息了两天，第三天，宋江派花荣挑战，祝彪出战。打了几个回合，花荣败走，祝彪收兵。孙立说："看我明天捉他几个。"

第四天，宋江再派人挑战。林冲战祝龙，穆弘战祝虎，杨雄战祝彪，都不分胜败。石秀战孙立，五十多个回合后，孙立生擒了石秀。

解宝，曾被地主毛太公陷害入狱，后越狱入伙梁山，任职步军头领。

吴学设计引李应上梁山示意图

祝家三杰摆酒为孙立庆功。孙立问共捉了几个梁山贼人，祝朝奉说是七个。孙立让好好待管他们，等捉了宋江，一起押到京城请赏。

当晚，邹渊叔侄偷偷和杨林、邓飞取得联系，顾大嫂摸熟内宅的路，大家做好里应外合的准备。

宋江第三次攻打祝家庄示意图

图中标注：
- 李逵欲杀扈成，扈成投延安府去了
- 独龙山
- 香林洼
- 宋江率兵马对战祝彪
- 石秀杀祝朝奉，解珍、解宝放火与外围梁山人马里应外合
- 李逵把扈太公一门老小尽数杀了
- 扈家庄
- 栾廷玉、祝彪直往扈家庄奔去
- 祝家庄
- 李家庄
- 西有花荣、张横、张顺率领五百兵马对战栾廷玉
- 东有林冲、李俊、阮小二领五百兵马对战祝龙
- 南有穆弘、杨雄、李逵领五百兵马对战祝虎
- 孙立特来相助祝家庄，捉石秀，混入祝家
- 宋江兵分四路攻打祝家庄
- 郓州 ◎ 须城

图例：
- ⇢ 孙立打入祝家庄内部路线
- ⇢ 梁山军攻打祝家庄路线
- ⇢ 祝家庄军逃跑路线
- ⇢ 扈成逃跑路线

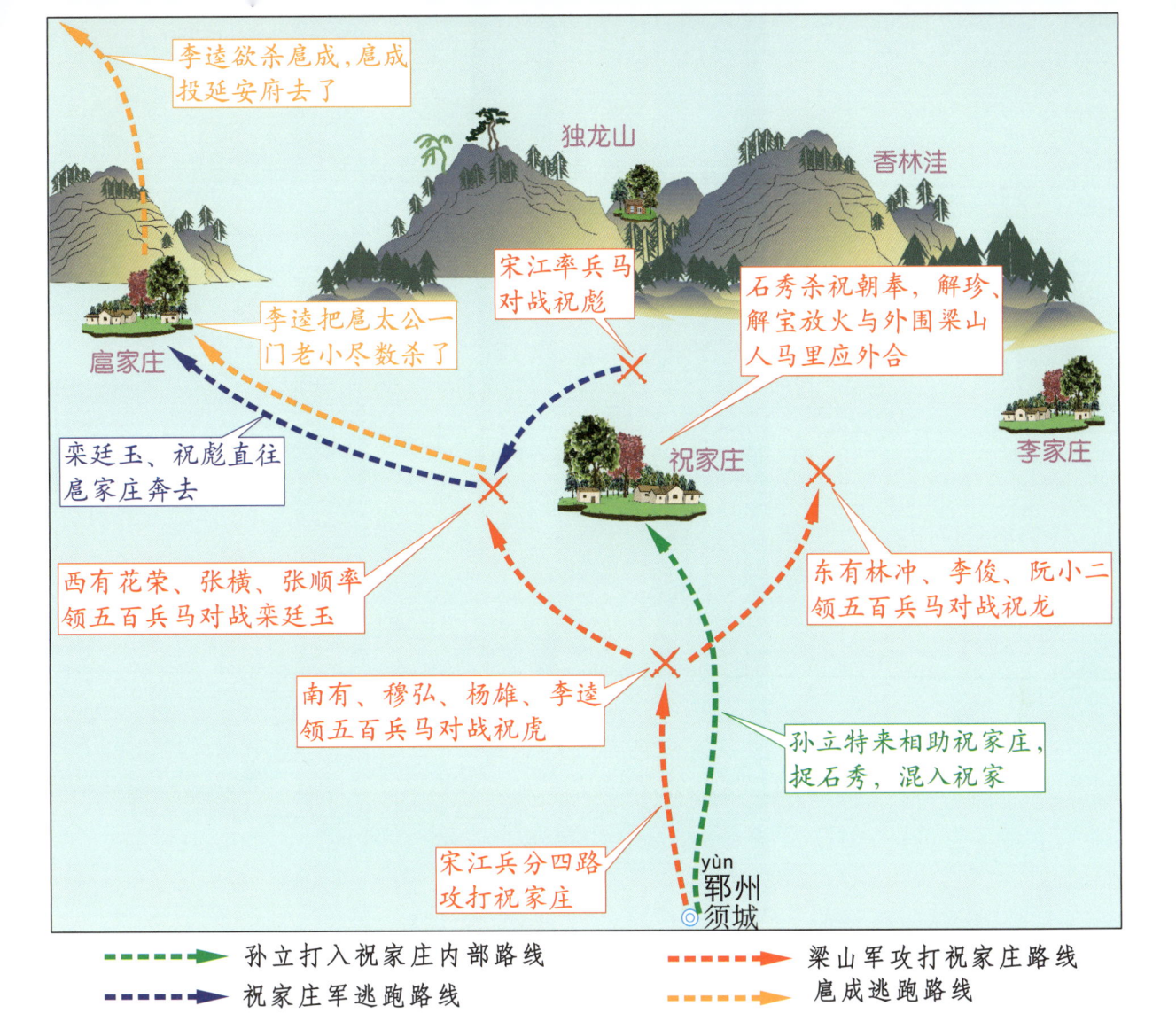

宋江第三次攻打祝家庄示意图

第五天，宋江兵分四路攻打，东有林冲、李俊、阮小二领五百人马，祝龙迎战；南有穆弘、杨雄、李逵领五百人马，祝虎迎战；西有花荣、张横、张顺领五百人马，栾廷玉迎战；北面宋江的人马，祝彪迎战。

祝朝奉领众人上门楼观战，孙立挺枪立马在吊桥上。

祝家庄的人马都出了庄，孙新把登州旗号插上门楼，乐和放开嗓子唱起歌来。邹渊叔侄听到歌声，打开牢门，放出被俘的七人。

众人从里往外杀，祝朝奉被石秀一刀剁翻，割了脑袋。解珍、解宝放起火来，顿时黑烟冲天。

祝家庄四路人马见庄里失火，慌忙回撤。孙立在吊桥上拦住祝虎，祝虎被吕方、郭盛刺翻，剁成肉泥；祝龙被李逵一斧砍断马腿，又一斧砍下脑袋；祝彪逃向扈家庄，被扈成捉了，押送给宋江，半路被李逵一斧砍死。

李逵又要杀扈成，扈成逃往延安府，李逵把扈家满门杀光，一把火烧了庄院。混战中，栾廷玉也被杀。

宋江攻下祝家庄，将祝家庄的金银财宝尽数带走，三军将士班师回山。

李应的箭伤刚好，就和杜兴一起，被吴用用计，骗到梁山，还把他的家眷连同家产，都接上梁山，李应只好同意入伙。

宋江对王英说："当初我在清风山许你一门亲事，我父亲收了个女儿，招你为婿。"说着叫出干妹子，却是扈三娘。宋江当场把话挑明，扈三娘不好推却，只好同意。

经典名句

锦上添花，旱苗得雨。

使心用幸，果报只在今生。积善存仁，获福休言后世。

经典原文

庄门下擂（léi）起鼓来，两边各把弓弩（nǔ）射住阵脚。林冲挺起丈八蛇矛，和祝龙交战，连斗到三十馀合，不分胜败。两边鸣锣，各回了马。祝虎大怒，提刀上马，跑到阵前高声大叫："宋江决战！"说言未了，宋江阵上早有一将出马，乃是没遮拦穆弘，来战祝虎。两个斗了三十馀合，又没胜败。祝彪见了大怒，便绰枪飞身上马，引二百馀骑奔到阵前。宋江队里病关索杨雄，一骑马，一条枪，飞抢出来战祝彪。孙立看见两队儿在阵前厮杀，心中忍耐不住，便唤孙新："取我的鞭枪来，就将我的衣甲头盔袍袄把来。"披挂了，牵过自己马来，这骑马号乌骓（zhuī）马，鞴上鞍子，扣了三条肚带，腕上悬了虎眼钢鞭，绰枪上马。祝家庄上一声锣响，孙立出马在阵前。宋江阵上林冲、穆弘、杨雄都勒住马，立于阵前。孙立早跑马出来，说道："看小可捉这厮们。"孙立把马兜住，喝问道："你那贼兵阵上有好厮杀的，出来与我决战！"宋江阵内銮（luán）铃响处，一骑马跑将出来，众人看时，乃是拚（pàn）命三郎石秀，来战孙立。两马相交，双枪并举，四条臂膊纵横，八只马蹄撩乱。两个斗到五十合，孙立卖个破绽，让石秀枪搠入来，虚闪一个过，把石秀轻轻的从马上捉过来，直挟到庄前搠②下，喝道："把来缚下了。"祝家三子把宋江军马一搅，都赶散了。

注释：①把：拿。②搠：扔。

课外试题

宋江为什么要将扈三娘嫁给王英？

答案：其实是醉翁之意，宋江明在清风山答应过为王英找一个貌美如花的妻子，其次是收买人心，宋江将楼璮屋王英正可以笼络清风山团队，最后也是为他们的关系作掩饰，从而摆脱因队内矛盾。

第五十一回

美髯公
仗义放雷横

人物	雷横（天退星）
绰号	插翅虎（梁山排名第25位）
性格	脾气暴躁、耿直
兵器	朴刀

点题

朱仝不顾自己的前程放走雷横，就为那一份义气。

雷横到东平府公干，路过梁山，被晁盖、宋江请上山，款待了好几天。晁盖打听朱仝，雷横说朱仝已改任管牢节级。宋江劝雷横留下，雷横借口老母年高，便下山前往郓城县去。

回来后，帮闲的李小二说勾栏院新来了个女戏子白秀英，色艺双绝。这天雷横正好没事，就来到勾栏院，坐在一号位子上看戏。

一出戏唱完，白秀英托着盘子收赏钱，第一个就到雷横面前。雷横一摸口袋，忘了带钱，就说："今天忘带了，明天补赏。"白秀英不信，说："既然专门来听唱，怎会不带钱？而且又坐在一号位，如果不给，我怎么往

雷横，郓城县人，因打死侮辱母亲的白秀英，落草梁山泊入伙，担任步军头领。

下要？"

白秀英的老爹白玉乔也在旁边冷嘲热讽。边上人说这是县里的雷都头，白玉乔鄙视地说："只怕是驴筋头。"雷横再也忍不住，揪住白玉乔就打。

众人拉开雷横。白秀英见父亲被打伤，就去找知县告状，原来她和知县有私情。知县就派人捉了雷横，痛打一顿，还上了枷锁，绑在衙门外示众。

第二天，县官又荒唐地答应白秀英，把雷横绑在勾栏院门前示众。中午，雷母来为儿子送饭，见儿子被绑在勾栏院前受辱，就上前为儿子松绑。白秀英见了，一边破口大骂，一边抓住雷母就打。雷横是个孝子，见母亲被打，使劲一挣，用枷锁砸死了白秀英。

知县大怒，派朱仝带人押送雷横，到济州定死罪，然后处决。

在押送到济州的半路上，朱仝私放了雷横，雷横拜谢，便顺着小路回到家中，带着财物和老母，连夜投梁山泊入伙。

朱仝故意拖了半日，想着雷横走远后，便带着众人来县里自首。知县平时喜爱朱仝，有心为他开脱，加之朱仝的家人也花钱为朱仝开脱，所以朱仝被押往济州去，当庭被审判，打了二十脊杖，刺配沧州牢营。

沧州知府见朱仝貌似关公，也十分喜爱，就留在身边听用。知府四岁的儿子也非常喜欢朱仝，于是朱仝每天哄小衙内玩。

七月十五晚上，朱仝肩扛小衙内，到地藏寺看河灯。突然看见雷横和吴用，朱仝让小衙内站在原地不动，就跟吴用和雷横到僻静处说话。

寒暄两句，朱仝回来，已不见了小衙内，四下寻找。他又碰到雷横和吴用，雷横说："估计被我们的人抱走了。"朱仝只好跟着他们去找。先是出城找，后朱仝又听说小衙内被李逵抱走，心里更怕了。

雷横上梁山示意图

城外有片松林，李逵在那里向他们招手。朱仝赶过去一看，小衙内已被杀死，又惊又怒，再回头又不见了吴用他们。朱仝扑向李逵去拼命，李逵跑跑停停，把朱仝往梁山引。

朱仝追李逵，一直追到柴进庄上，柴进把原因告诉朱仝。原来宋江为了让朱仝上山，让李逵杀了小衙内，断了朱仝退路。朱仝却恨李逵，说只要李逵在梁山，他就不去。柴进说："这好办，李大哥留在我这里，你们三个先上山。"朱仝才跟吴用、雷横到梁山泊入伙。

经典名句

歌喉宛转,声如枝上莺啼;
舞态蹁跹(pián xiān),影似花间凤转。

经典原文

那婆婆一面自去解索,一头口里骂道:"这个贼贱人直恁(nèn)的倚势①!我且解了这索子,看他如今怎的!"白秀英却在茶房里听得,走将过来,便道:"你那老婢(bì)子却才道甚么?"那婆婆那里有好气,便指着骂道:"你这贱母狗!做甚么倒骂我!"白秀英听得,柳眉倒竖,星眼圆睁,大骂道:"老咬虫,吃贫婆!贱人怎敢骂我!"婆婆道:"我骂你待怎的!你须不是郓城县知县。"白秀英大怒,抢向前只一掌,把那婆婆打个踉跄(liàng qiàng)②。那婆婆却待挣扎,白秀英再赶入去,老大耳光子只顾打。这雷横是个大孝的人,见了母亲吃打,一时怒从心发,扯起枷来,望着白秀英脑盖上打将下来。那一枷梢打个正着,劈开了脑盖,扑地倒了。众人看时,那白秀英打得脑浆迸(bèng)迸发流,眼珠突出,动弹不得,情知死了。

注释:①倚势:依仗势力。②踉跄:形容走路不稳、跌跌撞撞的样子。

课外试题

雷横因为什么背了人命?

答案:雷横为了给母亲出气打死了白秀英。

第五十二回

小旋风身陷高唐州

点 题

疾恶如仇的李逵打死作恶多端的殷天锡，却给柴进带来了牢狱之灾。

李逵在柴进家住了一个多月。一天，柴进接到一封信，说他住在高唐州的叔叔柴皇城，卧病在床，朝不保夕。柴皇城无儿无女，柴进急着要去，李逵说要同去，柴进答应了。

来到叔叔家，柴进让李逵在大厅等候，自己进了卧房。柴皇城已多日水米未进，气息奄奄。柴进坐在床前，向婶婶了解病因。原来高唐州知府高廉的小舅子殷天锡听说柴家的花园好，要霸占。柴皇城和殷天锡论理，被殷天锡推倒踢打，一病不起。

正说着，柴皇城醒来，要柴进为他报仇，说完咽气。柴进放声大哭，安排后事。

第二天，殷天锡骑马带了二三十个闲汉，来到柴府。柴进身穿重孝出来，殷天锡问："你是什么人？柴家人怎么还不滚出去？"

柴进说："我是柴皇城的侄子柴进。叔叔已经去世，等过完头七我们就搬。"

殷天锡骂道："放屁！我只限你们三天，不搬，先打这家伙一百大板！"

柴进也来气了："我家也是龙子龙孙，有先朝的丹书铁券，谁敢

柴进身陷高唐州示意图

不敬？"

殷天锡说："丹书铁券算什么稀奇？给我揍他！"

闲汉们正要动手，忽听一声大吼，李逵一步冲出门来，揪殷天锡下马，一阵拳打脚踢，殷天锡被打死。

柴进见李逵闯祸，忙让他快回梁山。李逵怕走了连累柴进，柴进说："我有丹书铁券，不怕。"于是李逵从后门离开，自投梁山泊去了。

官兵赶来，搜不到凶手，就把柴进绑回衙门。高廉不管什么丹书铁券，一顿大板，把柴进打得死去活来，扔进死牢，并把柴府满门老小全下了监。

李逵回到梁山，朱仝一见，就和李逵拼命，众人慌忙上前劝开。李逵说了打死殷天锡的事，宋江说柴进肯定要吃官司了。

晁盖说："柴大官人于山寨有恩，他落了难，我要亲自去救他。"宋江说："哥哥是山寨之主，怎能轻举妄动？我替哥哥走一趟。"他就点林冲、花荣等十二个头领，领五千人马当先锋，自己和吴用领中军，朱仝、雷横、戴宗等人率三千人马策应，杀奔高唐州。

高廉得到消息，冷笑说："我正想剿灭他们，反倒送上门来。"于是率领手下有飞天神兵之称三百亲兵，出城迎战。

林冲、花荣等率领人马先到。林冲出阵挑战。高廉派统制官于直迎战。不到五个回合，林冲一矛把于直刺下马来。又一个统制官温文宝出阵，秦明迎战。战不到十个回合，秦明手起棒落，打死温文宝。

高廉大怒，抽出宝剑，口中念念有词，大叫一声："疾！"军中冲出一团黑气，卷向梁山军，林冲等人转身就跑。高廉剑又一指，三百神兵冲出，梁山军马溃不成军，直退五十里扎下营寨。

经典名句

鞍（ān）上将似南山猛虎，人人好斗能争；
坐下马如北海苍龙，骑骑能冲敢战。
摇天撼地起狂风，倒海翻江飞急雨。

经典原文

高廉见连折二将，便去背上掣①出那口太阿宝剑来，口中念念有词，喝声道："疾！"只见高廉队中卷起一道黑气。那道气散至半空里，飞砂走石，撼（hàn）地摇天，乱起怪风，径②扫过对阵来。林冲、花荣等众将对面不能相顾③，惊得那坐下马乱撺咆哮，众人回身便走。高廉把剑一挥，指点那三百神兵从阵里杀将出来。背后官军协助，一掩过来。赶得林冲等军马星落云散，七断八续，呼兄唤弟，觅子寻爷，五千军兵折了一千余人，直退回五十里下寨。高廉见人马退去，也收了本部军兵，入高唐州城里安下。却说宋江中军人马到来，林冲等接着，具说前事。宋江、吴用听了大惊。与军师道："是何神术，如此利害？"吴学究道："想是妖法。若能回风返火，便可破敌。"宋江听罢，打开天书看时，第三卷上有回风返火破阵之法。宋江大喜，用心记了咒语并秘诀，整点人马，五更造饭吃了，摇旗擂鼓，杀奔城下来。

注释：①掣：抽，拉。②径：径直。③顾：照应。

课外试题

李逵打死殷天锡，表现了李逵怎样的性格？

答案：表现了李逵豪爽、勇敢的性格，具有反抗精神。

第五十三回

戴院长智请公孙胜

点题

本想归隐的公孙胜，被李逵胡闹一番，只好再度出山。

宋江带队赶到，和高廉对了一阵，也被高廉使用的妖术杀得人仰马翻。高廉率领大军追了二十多里，才收兵回城。当夜高廉偷袭了宋江的营寨，不料中了吴用的计谋，被人射伤手臂，撤回城中养伤。宋江见损失了这么多人马，心中忧愤不安，遂找吴用商议。吴用说："要破高廉的妖术，必须公孙胜才能对付他。"

宋江让戴宗去蓟州请回公孙胜，戴宗需要一人做伴。李逵自告奋勇，戴宗同意了。

两人使用神行法，没过几天，便来到了来到蓟州城外的客店歇息。头两天，他们找遍大街小巷，也没个音信。第三天，两人到城外找，问了好多村镇也没问到。晌（shǎng）午时分，两人在路边一个素面店吃饭，却从一个老汉嘴里打听到公孙胜的消息，这老汉和公孙胜是邻居。戴宗问明公孙胜的住址，来到他家。

公孙胜的母亲告诉戴宗，公孙胜出外云游去了。戴宗知道老人家说的假话，就想了一个计策，让李逵这样行事。

李逵腰插双斧，大步进门，一副凶神恶煞的模样，扬言公孙胜不出来，就一把火烧了房子，还要杀了老太太。这一激，公孙胜果然跑了出来。戴宗、李逵连忙赔罪。

公孙胜说："不是我忘了众弟兄，一来老母年高，无人侍奉；二来师傅罗真人不放我下山。"戴宗恳求："如今军情危急，哥哥非得走一趟。"公孙胜却一再以老母、师傅为由不肯答应。戴宗再三苦求，公孙胜只好说："待我问了师傅再说。"公孙胜领二人来到紫虚观拜见罗真人，任凭戴宗苦苦哀求，罗真人仍不许公孙胜下山。

三人回到公孙胜家，吃了晚饭。公孙胜说："明天我再求师傅。"说完，他便安排戴宗、李逵睡了。

五更时分，李逵趁戴宗睡得正香，就拎了板斧，轻轻来到罗真人房间，一斧把罗真人的脑袋劈成两半，流出的血竟是白色的。正要离开，一个道童拦路，李逵又一斧把道童的脑袋砍下，飞奔下山，回到公孙胜家，倒头装睡。

吃过早饭，公孙胜又领二人来见师傅。李逵见罗真人毫发无损，暗暗奇怪。罗真人说："我本不想让公孙胜去，看黑大汉的面子，让他去。"李逵还以为罗真人被自己吓住了，暗自得意。

罗真人取出红、青、白三块手帕，说是送他们回高唐州。罗真人叫公孙胜站上红手帕，戴宗站上青手帕，李逵站上白手帕，分别化作红云、青云、白云，升在半空。真人又一招手，公孙胜、戴宗缓缓落地，李逵却在半空中下不来了，被一阵大风吹走，扑通一声，从天上摔落在蓟州府大堂上。

蓟州府尹马士弘正坐堂，忽见半空掉下一个黑大汉，命人拿下，痛打一顿。李逵说他是罗真人的跟班，因为犯了错，被罗真人惩罚一下。众人被他震住，买来酒肉请他吃。

戴宗二取公孙胜示意图

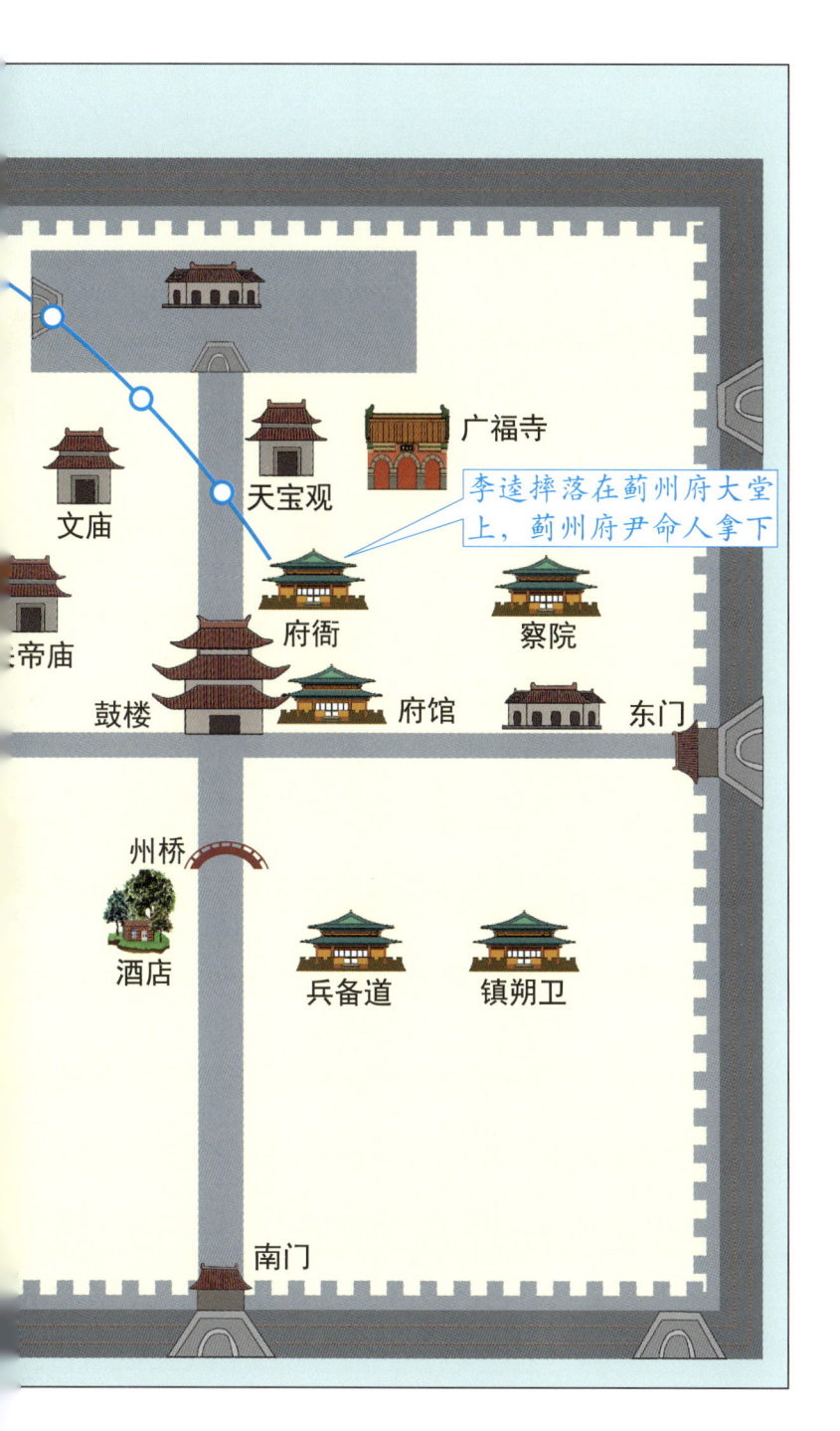

李逵摔落在蓟州府大堂上，蓟州府尹命人拿下

广福寺
天宝观
文庙
府衙
察院
帝庙
鼓楼
府馆
东门
州桥
酒店
兵备道
镇朔卫
南门

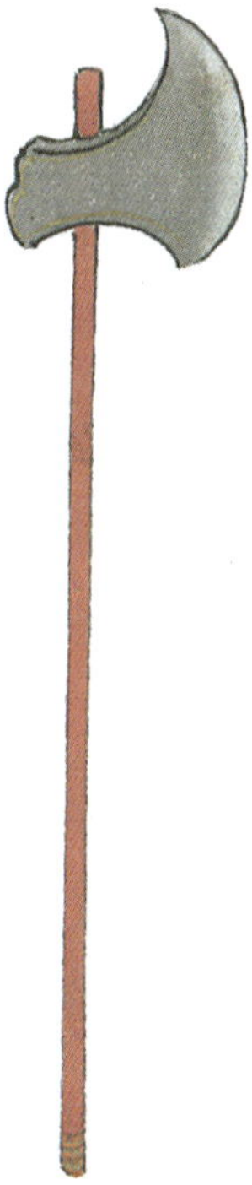

罗真人跟戴宗他们说了李逵昨夜行凶的事。戴宗哀求罗真人饶了李逵。罗真人才又使法术把李逵从蓟州大牢提了回来。

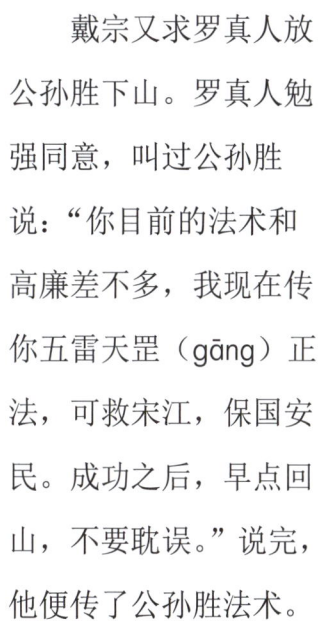

戴宗又求罗真人放公孙胜下山。罗真人勉强同意，叫过公孙胜说："你目前的法术和高廉差不多，我现在传你五雷天罡（gāng）正法，可救宋江，保国安民。成功之后，早点回山，不要耽误。"说完，他便传了公孙胜法术。

经典名句

踏破铁鞋无觅处,得来全不费工夫。
去年妄取东邻物今日还归北舍家。
无义钱财汤泼雪,倘来田地水推沙。
若将奸狡为生计,恰似朝霞与暮霞。

经典原文

第一,耿直,分毫不肯苟取于人。第二,不会阿谀于人,虽死其忠不改。第三,并无淫欲邪心、贪财背义,敢勇当先。因此宋公明甚是爱他。不争没了这个人,回去教小可难见兄长宋公明之面。"罗真人笑道:"贫道已知这人是上界天杀星之数,为是下土众生作业①太重,故罚他下来杀戮(lù)。吾亦安肯逆②天,坏了此人,只是磨他一会。我叫取来还你。"戴宗拜谢。罗真人叫一声:"力士何在?"就鹤轩前起一阵风。风过处,一尊黄巾力士出现。但见:面如红玉,须似皂绒。仿佛有一丈身材,纵横有千斤气力。黄巾侧畔(pàn),金环耀日喷霞光;绣袄中间,铁甲铺霜吞月影。常在坛前护法,每来世上降魔。脚穿抹绿雕蹾(dūn)靴,手执宣花金蘸(zhàn)斧。那个黄巾力士上告:"我师有何法旨?"罗真人道:"先差你押去蓟州的那人,罪业已满。你还去蓟州牢里取他回来,速去速回。"力士声喏去了。约有半个时辰,从虚空里把李逵摄将下来。

注释:①业:同"孽(niè)"。②逆:背叛。

课外试题

罗真人为什么要惩罚李逵?

答案:罗真人告诉戴宗此人是上界天杀星之数,因是下土众生作孽太重,所以罚他下来杀戮一番。

第五十四回

破高廉李逵救柴进

点 题

公孙胜一来就帮梁山攻破了高唐州，李逵下到井里救出柴进。

公孙胜三人往梁山进发，戴宗作起神行法先回去禀报，李逵陪着公孙胜随后。

二人来到武冈镇，李逵买枣糕，遇上铁匠出身的金钱豹子汤隆，结拜为兄弟。李逵把汤隆引见给公孙胜，于是，三人继续赶路，向高唐州走去。

又走几天，碰上戴宗来接，公孙胜问起战况，戴宗说高廉连日挑战，但是梁山军坚守不出。四人回到大寨，宋江、吴用摆酒接风。

第二天，宋江全军出动，再打高唐州。高廉带上神兵，出城迎敌。

开始，梁山军中花荣出阵，官军中冲出统制官薛元辉。二将交手，没几个回合，花荣一箭射死薛元辉。

高廉大怒，用剑击聚兽牌，神兵队里卷出黄沙，奔出毒蛇猛兽。公孙胜抽出松文古定剑，指着猛兽，念动咒语，只见一道金光，黄沙猛兽纷纷落地，原来都是纸剪的。宋江鞭梢（shāo）一指，大军冲杀过去，高廉慌忙退回城里，拽起吊桥，梁山军大获全胜。

次日，宋江四面围城，尽力攻打。公孙胜提醒宋江，防备高廉晚上偷袭。宋江安排好埋伏，晚上，高廉果然带着三百神兵，前来偷袭。

公孙胜击破高廉、解救柴进示意图

到离寨不远的地方，高廉作起法来，顿时黑气冲天，飞沙走石，三百神兵的铁葫芦中喷出火，杀奔寨中。此时公孙胜站在高处，仗剑作法，只听半空中一声霹雳，三百神兵被大火倒卷回来，四面伏兵齐出，高廉只引了八九个人逃回城，拽起吊桥。

高廉写信，派人送去东昌、寇州求救。吴用故意放送信的人出去，然后将计就计，让戴宗回梁山要两支人马，假扮援军，分两路来高唐州。

高廉每天望眼欲穿，盼救兵到来。这天，高廉登城，只见两支人马从宋江后面杀来，梁山人马东奔西逃。高廉以为是两路救兵来到，大开城门，里外夹攻。

等高廉冲到宋江阵前，才知道上当。回头一看，城已丢了，四面都是梁山军马。高廉慌忙驾一块黑云，缓慢升空。公孙胜赶来，把剑一指，喝声："疾！"高廉从空中倒栽下来，雷横赶上，一刀砍作两段。

宋江进城，传令不准伤害百姓，接着就去牢中救柴进。柴皇城的家眷都找到了，唯独不见柴进。吴用来找当牢节蔺（lìn）仁询问，蔺仁说："三天前，知府高高廉要对柴进行刑，小人见柴进是个好汉，就不忍下手，但是知府又催得很紧，于是小人便谎称柴进已死，知府又命人前来查看，小人害怕被责罚，就把柴进放在了后面的枯井中。"

宋江带人来到枯井边，向下一望，里面黑洞洞的，喊也无人答应。宋江让李逵坐在一个大箩筐里，绳上挂两个铜铃，放下井去。李逵下到井底，摸到柴进，还有一口气，就把柴进放进箩筐，摇动铜铃，上面听见铃声，把柴进拉了上来，再把李逵吊上来。

宋江让李逵、雷横护送柴进及柴皇城的家小先回山寨，重赏了蔺仁，再把府库的钱粮和高廉的家产全部收拾好，得胜回梁山泊，所过州县，秋毫无犯。

经典名句 功名未上凌烟阁，姓字先标聚义厅。

经典原文

是夜，高廉果然点起三百神兵，背上各带铁葫芦，于内藏着硫黄焰硝（xiāo）、烟火药料，各人俱①执钩刀铁扫帚，口内都衔（xián）芦哨。二更前后，大开城门，放下吊桥，高廉当先，驱领神兵前进，背后却带三十余骑奔杀前来。离寨渐近，高廉在马上作起妖法，却早黑气冲天，狂风大作，飞砂走石，播土扬尘。三百神兵各取火种，去那葫芦口上点着，一声芦哨齐响，黑气中间，火光罩身，大刀阔斧滚入寨里来。高埠（bù）②处，公孙胜仗剑作法，就空寨中平地上刮剌（lá）剌起个霹雳。三百神兵急待退步，只见那空寨中火起，火焰乱飞，上下通红，无路可出。四面伏兵齐赶，围定寨栅，黑处遍见，三百神兵不曾走得一个，都被杀在寨里。高廉急引了三十余骑，奔走回城。背后一枝军马追赶将来，乃是豹子头林冲。看看赶上，急叫得放下吊桥，高廉只带得八九骑入城，其余尽被林冲和人连马生擒活捉了去。高廉进到城中，尽点百姓上城守护。高廉军马神兵，被宋江、林冲杀个尽绝。

注释：①俱：全，都。②埠：土坡。

课外试题

柴进为什么在枯树井中？

答案：柴皇城病逝，柴进前来奔丧。殷天锡带着小舅子高廉又来抢夺宅子，被李逵一顿拳脚打死。他们关入死牢拷打，被推入了后园的枯树井中。

第五十五回

呼延灼
发兵讨梁山

人物	呼延灼（天威星）
绰号	双鞭（梁山排名第8位）
性格	正直、勇猛
兵器	水磨八棱钢鞭

点题

朝廷发兵征讨梁山，带兵的将领让梁山手忙脚乱。

高唐州被破，高廉被杀，高俅（qiú）上奏天子。天子大惊，传旨命高俅挑兵选将，前去征剿。高俅保举了汝宁郡都统制双鞭呼延灼（zhuó）。呼延灼又保举百胜将军韩滔为正先锋，天目将彭玘（qǐ）为副先锋。韩滔前面开路，呼延灼自领中军，彭玘断后，杀奔梁山。

梁山也做好迎敌准备。第一天天晚，双方都未挑战，第二天天明，两军对阵。

梁山军中秦明出马，对阵韩滔。两人斗了二十个回合，韩滔眼看要败，呼延灼恰好赶到，来战秦明。

林冲替下秦明，来战呼延灼，两人斗了五十多个回合，不分上下。花荣赶到，官军的后队彭玘也赶到，挥舞三尖两刃刀来战花荣。

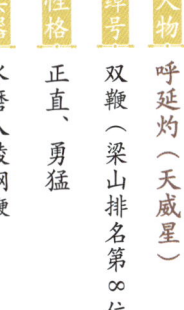

呼延灼，杀伐果断、武艺高强，有万夫不当之勇，是梁山马军五虎将之一。

101

斗了有二十个回合，彭玘渐渐不敌，呼延灼又替下彭玘。斗了不过三个回合，扈三娘赶来。彭玘再次上阵，力战扈三娘。

两人斗了二十多个回合，扈三娘回马就走，彭玘纵马赶来，扈三娘将红锦套索撒出，正抓住彭玘，拖下马来，生擒彭玘。

呼延灼拍马来救，扈三娘自知不敌，回马就走。呼延灼追赶，孙立迎了上去。二人斗了三十余回合，不分胜败。

韩滔见彭玘被擒，指挥马军冲上前来。梁山军抵挡不住，忙鸣金收兵，呼延灼也退后二十里下寨。

宋江亲自为彭玘松绑，好言相慰，彭玘感谢不杀之恩，情愿入伙。

次日，呼延灼把战马每三十匹用铁链连成连环马，迎战梁山兵马。连环马威力巨大，远的箭射，近的枪挑，梁山兵马无法抵挡。呼延灼大获全胜，派人到东京报捷，又请派轰天雷凌振来。凌振善造炮、用炮，能轰击十多里远。凌振来到梁山，呼延灼就让他炮轰山寨。

吴用派李俊、张横带几十名水军，悄悄驾船从芦苇丛中摸到官军炮位，突然登岸，把大炮推翻，张顺、三阮带四十余只小船随后接应。

凌振见大炮被推到水中，领人追赶。李俊等人上了张顺等人接应的船上。凌振追到水边，杀向李俊他们，船上的人都跳到水里。凌振把张顺的四十多只船全部夺下，又见对面滩头朱仝、雷横正领人呐喊，凌振又命令军士驾船杀向对岸。

船到湖中，水底下钻出三四百个水军，把船扳翻。凌振落入水中，被阮小二擒了，押到寨中。官军大半淹死。呼延灼闻讯赶来，恨得咬碎钢牙，却又无可奈何。

凌振被押上山，宋江亲自松绑，请他入伙。凌振说怕连累家小，宋江保证他的家眷很快就可以接上山，他才安下心来。

经典名句

胜败乃兵家常事。
好手中间施好手，红心里面夺红心。

经典原文

李俊、张横领人便走。凌振追至芦苇滩边，看见一字儿摆着四十余只小船，船上共有百十余个水军。李俊、张横早跳到船上，故意不把船开。凌振人马赶到泊边，看见李俊、张横并众水军呐声喊，都跳下水里去了。凌振人马已到，便来抢船，朱仝、雷横却在对岸呐喊擂鼓。凌振夺得许多船只，叫军健尽数①上船，便杀过去。船行才到波心之中，只见岸上朱仝、雷横鸣起锣来，水底下早钻起三四百水军，尽把船尾楔（xiē）子拔了，水都滚入船里来。外边就势扳翻船，军健都撞在水里。凌振急待回船，船尾舵橹（duò lǔ）已自被拽下水底去了。两边却钻上两个头领来，把船只一扳，仰合②转来，凌振却被合下水里去。水底下却是阮小二，一把抱住，直拖到对岸来。岸上早有头领接着，便把索子绑了，先解上山来。水中生擒二百余人，一半水中淹死，些少③逃得性命回去。

注释：①尽数：全部。②合：颠覆。③些少：很少一部分。

课外试题

呼延灼发兵征梁山，胜败如何？

答案：呼延灼被擒，投降梁山并加盟，慧能等各路英雄陆续投奔。

103

第五十六回

鼓上蚤
盗甲引徐宁

人物	汤隆（地孤星）
绰号	金钱豹子（梁山排名第89位）
性格	好赌、热心
兵器	铁锤

点题

徐宁本是大内侍卫，怎么就上梁山落草了呢？

第二天，大家商议怎么破连环马。汤隆说只有他表哥徐宁能破连环马。可徐宁是皇家侍卫，怎么会来？汤隆说出一条计策，宋江连声说好，并派时迁、汤隆、戴宗、乐和分头行动。

时迁来到东京，打听好徐宁住址。天黑后，时迁从后门翻墙进院，把窗纸捅个小洞，见徐宁正在烤火，徐娘子抱小孩坐在对面，房梁上挂个羊皮匣子（xiá zi）。

徐宁正吩咐丫鬟帮他收拾衣裳，说明早五更要进宫去伺候皇帝。徐娘子吩咐丫鬟："明早四更，你们起来烧洗脸水，做早点。"

等了一会儿，徐家三口和两个丫鬟都睡了。时迁取出芦管，伸进窗户把灯吹灭。

到了四更天，徐宁起床，见灯熄了，就喊丫鬟。丫鬟摸黑下楼，去厨房取火。时迁潜入厨房，钻到厨桌下。丫鬟点亮灯后，一个烧水，一个升火盆端上楼。等到徐

汤隆，原是延安府知寨官之子，后在李逵的引荐下，入伙梁山，负责监造军器铁甲。

宁洗了脸，吃了早点，丫鬟端灯送到门外，时迁趁机蹿上房梁。丫鬟回来，脱衣又睡。时迁再用芦管吹灭灯，解了捆匣子的绳子，得手后，开门溜走。

出城四十里，时迁遇见戴宗，让戴宗把皮匣送回山寨。时迁挑着空盒子继续向东，碰到汤隆。汤隆让他慢慢往东，只要见墙上画有白圈儿的饭店、客店，就进去吃饭、休息。

天亮起床，徐娘子发现皮匣子不见了，想及时告诉徐宁，但无法传话进宫，直到天黑，徐宁回家才知道甲盒被盗，心疼得没法。

第二天早饭时，汤隆来了，见徐宁面带愁容，就问原因，徐宁说了昨夜宝甲被盗的事。汤隆装作突然想起，说他昨晚在城外一家酒店喝酒，看见一个黑瘦汉子挑着那个羊皮匣子。汤隆说那个黑瘦汉子腿可能有毛病，走得非常慢，现在说不定可以追上。

徐宁急忙跟着汤隆出东门，往东追去。只要看见墙上有白圈儿的地方，汤隆就拉徐宁进去，打听一个挑羊皮匣子的黑瘦汉子，店主们都说那人才过去，这让徐宁深信不疑，终于在一座古庙前追上时迁。

徐宁上前抢过羊皮匣子一看，竟是空的。他要时迁还他宝甲。时迁说："我和李三偷你宝甲，我从你家柱子上跌下来，扭了脚筋，让李三拿甲先回泰安了。你如果硬逼我，我死也不说，如果好说，我倒愿意陪你去找。"徐宁为了拿回宝甲，只好忍气陪时迁上了泰安。

两天过去了，时迁一拐一拐走不快。徐宁心中正急，一辆马车从后驶来，车主李荣竟和汤隆熟识，李荣刚做完买卖，从郑州回泰安。于是汤隆三个人就搭便车走了。

又走了几天，大家都熟悉了，李荣买来酒肉，请大家喝酒。徐宁一喝就倒了，那李荣正是乐和。等徐宁醒来，已在梁山。宋江、林冲、汤隆连赔不是，徐宁无可奈何，只好答应入伙。

经典名句 凤落荒坡凋锦羽，龙居浅水失明珠。

经典原文

看看伏到四更左侧，徐宁觉来，便唤丫鬟起来烧汤。那两个使女从睡梦里起来，看房里没了灯，叫道："阿呀，今夜却没了灯！"徐宁道："你不去后面讨灯，等几时！"那个梅香开楼门下胡梯响。时迁听得，却从柱中只一溜，来到后门边黑影里伏①了。听得丫鬟正开后门出来，便去开墙门，时迁却潜入厨房里，贴身在厨桌下。梅香讨了灯火入来看时，又去关门，却来灶前烧火。这个女使也起来生炭火上楼去。多时汤②滚，捧面汤上去，徐宁洗漱了，叫盪（dàng）些热酒上来。丫鬟安排肉食炊饼上去，徐宁吃罢，叫把饭与外面当直③的吃。时迁听得徐宁下来，叫伴当吃了饭，背着包袱，挜（tuō）了金枪出门。两个梅香点着灯送徐宁出去，时迁却从厨桌下出来，便上楼去，从榻（gé）子边直蹼（xué）④到梁上，却把身躯伏了。两个丫鬟又关闭了门户，吹灭了灯火，上楼来，脱了衣裳，倒头便睡。

注释：①伏：潜伏。②汤：热水、开水。③当直：值守，值班。④蹼：轻手轻脚。

课外试题

时迁为什么要盗取徐宁的宝甲？

答案 时迁为了让徐宁上梁山，就偷了徐宁的传家宝甲。

第五十七回

钩镰枪
大破连环马

人物	徐宁（天佑星）
绰号	金枪手（梁山排名第18位）
性格	自负、高傲
兵器	钩镰枪

点题

因为徐宁的到来，所向披靡的连环马遇上了克星。

徐宁选出几百个身强力壮的喽啰，精心传授钩镰（lián）枪法，不到半个月，喽啰们都学会了。宋江开始谋划破敌，把战场有意摆在湖边。

呼延灼仍用连环马上阵，他带领连环马队来到湖边。韩滔说正西来一队步兵，不知有多少。呼延灼说："不管多少，用连环马冲！"

韩滔带五百马军刚走，东南和西南又各杀来一队步兵，韩滔又返回来。北面又过来三队旗号，呼延灼说："我们分兵迎敌。"西边又杀来四队人马。

连环马队迎东敌，东边退下，西边的杀来。去迎西敌，西边退下，东边的又杀回。呼延灼怒火攻心，驱动连环马队，死

徐宁，原是禁军金枪班教师，后入伙梁山，是马军八骠骑（piāo qí）之一，把守正东旱寨。

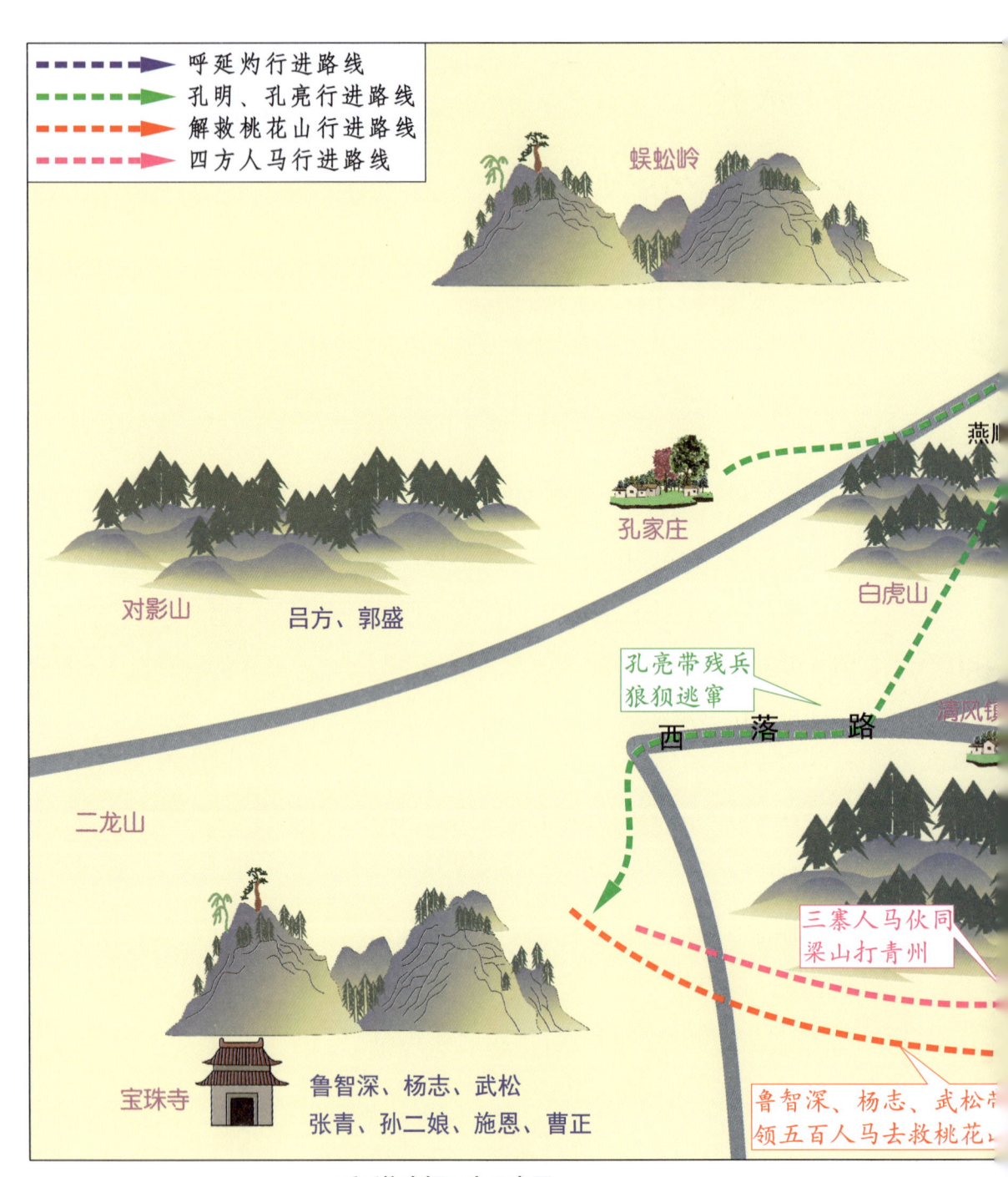

呼延灼攻打三山示意图

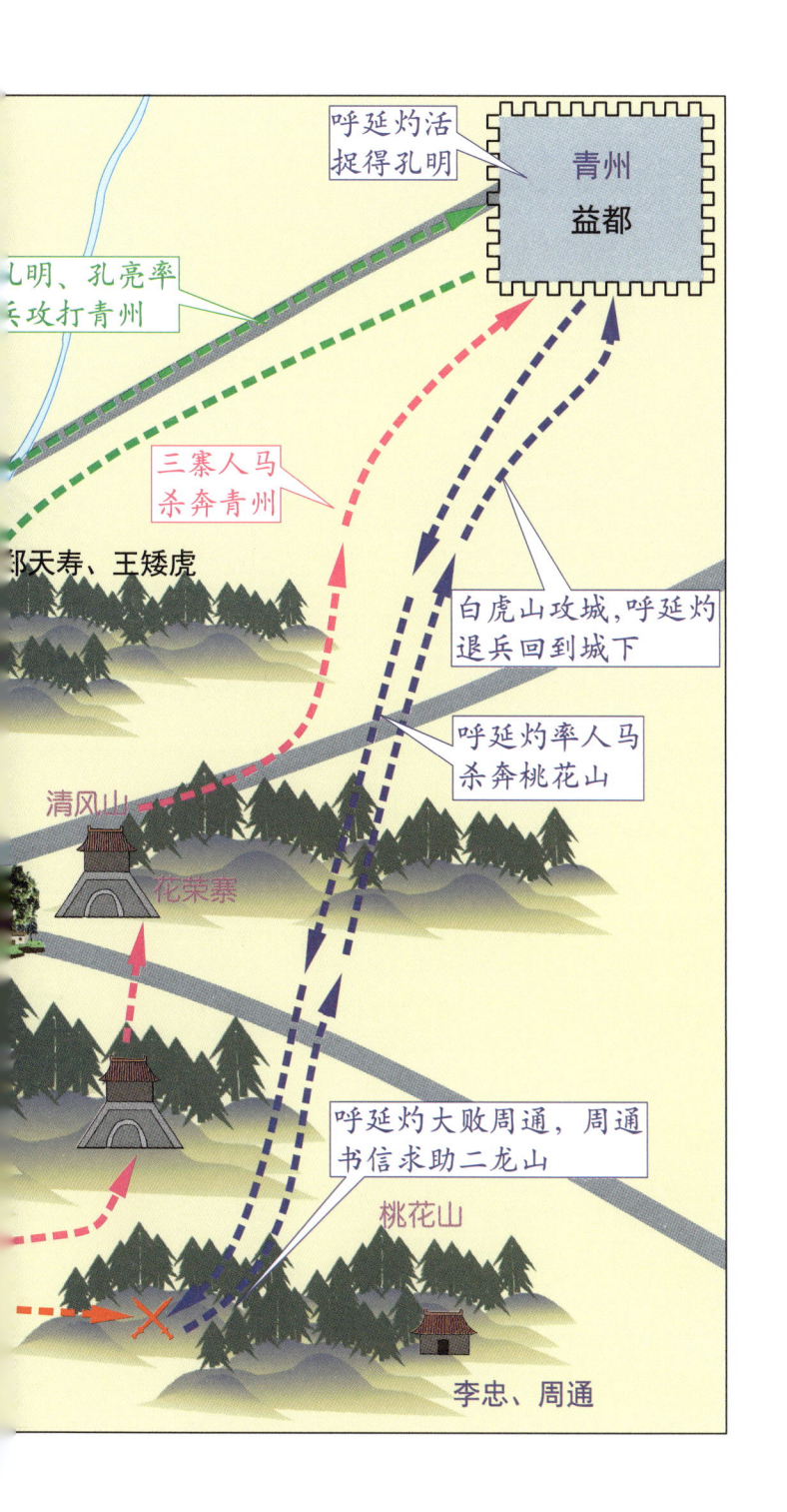

地图标注：
- 呼延灼活捉得孔明
- 青州 益都
- 孔明、孔亮率兵攻打青州
- 三寨人马杀奔青州
- 郑天寿、王矮虎
- 白虎山攻城，呼延灼退兵回到城下
- 呼延灼率人马杀奔桃花山
- 清风山
- 花荣寨
- 呼延灼大败周通，周通书信求助二龙山
- 桃花山
- 李忠、周通

盯住一方冲了过去。被追的梁山步兵纷纷钻进芦苇丛中，连环马一跑就收不住脚，也跟着进了芦苇丛。

只听一声口哨，埋伏的钩镰枪手一齐出动，专钩马蹄。连环马阵两边的马一倒，中间的跑不动了，四下里挠钩齐出，把栽下马的官兵一个个钩了过去。

呼延灼见中了计，拨马回去找韩滔，凌振的风火炮又当头打来。好不容易找到韩滔，韩滔的连环马也全部被歼（jiān）了。

两人收拾残兵，往西北逃去。一路上冲过四道拦截。等冲出重围，呼延灼已剩单枪匹马，连韩滔也不知去向。

呼延灼一万大军全

军覆没，不敢回东京，就去向他的好朋友青州知府慕容彦达借兵。在去青州的路上，坐骑又被桃花山的强盗偷去，而这坐骑也不是普通的马匹，它是当今圣上御赐，名为踢雪乌骓（zhuī）马。

呼延灼向慕容知府说明来意，慕容知府说借兵可以，但得先帮忙把青州境内桃花山、二龙山、白虎山的强盗扫平，呼延灼答应了。

慕容知府给了呼延灼两千兵马，又送他一匹青鬃（zōng）马。呼延灼率人马杀奔桃花山。周通和呼延灼打了一仗，败逃回山，写信向二龙山求救。

二龙山除了鲁智深、杨志、武松，又添了施恩、曹正、张青夫妇及孙二娘。接到书信，鲁智深、杨志、武松带领五百人马，去救桃花山。

李忠听说二龙山来救，下山接应，和呼延灼遇上。李忠打不过呼延灼，被赶来的鲁智深一行救下。呼延灼先战鲁智深，再战杨志，都不分胜负。双方各自收兵，准备第二天再战。

当晚，慕容知府派人通知呼延灼，说白虎山强盗攻城，让呼延灼回去护城。呼延灼连夜退兵。

原来，孔明、孔亮在孔太公去世不久，和当地一位财主发生矛盾，杀了财主全家，上白虎山落了草，而他们住在青州城里的叔叔孔宾，却被慕容知府捉下狱。孔明、孔亮就领兵攻城救孔宾。

呼延灼退兵回到城下，正撞见白虎山人马。一交手，孔明被呼延灼生擒。孔亮带了残兵狼狈逃窜，刚好遇到二龙山的武松。孔亮跟武松哭诉了叔叔被抓、哥哥被擒的经过，武松为孔亮引见了鲁智深、杨志，并邀请桃花山的李忠、周通，准备三山合力，攻打青州。

经典名句
瓮中捉鳖，手到拿来。
人生切莫恃（shì）英雄，术业精粗自不同。

经典原文

当时下山来与呼延灼交战，李忠如何敌得呼延灼过，斗了十合之上，见不是头，拨开军器便走。呼延灼见他本事低微，纵马赶上山来。小霸王周通正在半山里看见，便飞下鹅卵石来。呼延灼慌忙回马下山来，只见官军迭（dié）头①呐喊，呼延灼便问道："为何呐喊？"后军答道："远望见一彪军马飞奔而来。"呼延灼听了，便来后军队里看时，见尘头起处，当头一个胖大和尚，骑一匹白马。那人是谁？正是：自从落发闹禅林，万里曾将壮士寻。臂负千斤扛鼎力，天生一片杀人心。欺佛祖，喝观音，戒刀禅杖冷森森。不看经卷花和尚，酒肉沙门鲁智深。鲁智深在马上大喝道："那②个是梁山泊杀败的撮（cuō）鸟③，敢来俺这里唬吓（é）人？"呼延灼道："先杀你这个秃驴，豁④我心中怒气！"鲁智深轮动铁禅杖，呼延灼舞起双鞭，二马相交，两边呐喊，斗四五十合，不分胜败。呼延灼暗暗喝采道："这个和尚，倒恁（nèn）地了得！"两边鸣金，各自收军暂歇。呼延灼少停，再纵马出阵，大叫："贼和尚，再出来！与你定个输赢，见个胜败！"鲁智深却待正要出马，侧首恼犯了这个英雄，叫道："大哥少歇，看洒家去捉这厮。"

注释：①迭头：连续不断。②那：同"哪"。③撮鸟：傻子。④豁：泄。

课外试题

教使钩镰枪大破连环马的是谁？

答案：徐宁。

111

第五十八回

打青州
众虎归水泊

人物	凌振（地辅星）
绰号	轰天雷（梁山排名第52位）
性格	暴躁易怒
兵器	火炮

点题

青州一仗，梁山又有四个英雄入伙，兵力越发强壮。

正当大家决定聚三山之力攻打青州时，杨志建议孔亮再去梁山找宋江求援，四家发兵，胜算的概率要大些。孔亮就扮作客商，直奔梁山。

见了宋江，孔亮把事情经过说了一遍，宋江又引见了晁盖。晁盖极力赞成发兵。宋江、吴用于是率二十位头领，人马三千，分五路开赴青州。

四方头领见面，寒暄之后，宋江问起战况。杨志介绍说，虽然交手几次，但是难分胜负。青州城只依赖呼延灼一人，捉住呼延灼，青州城立破。吴用说："此人不可力敌，只能智取。"说出一计，宋江就依计行事。

凌振，擅长制造火炮，在呼延灼攻打梁山时被活捉，后归顺梁山，主要为梁山兵马造大小火炮。

第二天一早，宋江命人围城挑战。呼延灼跨马出城，梁山军中秦明上阵。二将大战四五十回合，不分胜败，慕容知府忙鸣金收兵。呼延灼回城，埋怨慕容知府："秦明棒法渐乱，我马上就能擒他，为什么鸣金收兵？"慕容知府说："将军已战多时，我怕将军疲劳。明日交锋，将军杀开一条路，让人冲出，去东京和附近州府求救兵。"

呼延灼回房休息。天色将明，手下来报："北门外土坡上，有三人偷看城墙。中间一人穿红袍，另一人穿道袍，还一个是花荣。"呼延灼心想穿红袍的定是宋江！于是，他就带一百骑兵，披挂上马，悄悄出北门，偷偷潜向土坡。宋江等三人只顾看城，毫无察觉。到近处，呼延灼拍马舞鞭，直冲过去。三人惊慌失措，调转马头，急促离去。呼延灼打马跑到三人停留的地方，只听扑通一声，连人带马栽进陷坑。四下里一声呐喊，将他抓起来绑了。

刀斧手把呼延灼推进帅帐，宋江忙起身迎接，并为呼延灼松绑，扶上座位，说只要他归顺，情愿让位。呼延灼想到高俅心胸狭窄，专记人过失，自己又损失三员大将、一万人马，并且韩滔、彭玘、凌振都入了伙，思考再三，决定入伙。踏雪乌骓马也归原主。

当晚，秦明、花荣等十个英雄，换了青州军衣甲，跟着呼延灼来到城下，骗开城门。梁山大军杀进城来，救出孔明与孔宾，杀了慕容知府全家，开仓放粮，犒赏三军。三山头领加上呼延灼，共十二位新头领，加上三山人马，数千人马开道回梁山泊。

113

众虎同心归水泊示意图

博兴
高苑
孙家镇
临河镇
邹平
长山
千乘
广陵盐务
临淄
寿光
邹平
章丘
章丘
十位英雄假扮青州军，骗开城门，梁山大军救出孔明与孔宾，杀了慕容知府全家
青州
益都
昌乐
淄州
淄川
吴用智取呼延灼
白虎山
二龙山
临朐
三寨攻打青州前，让孔亮去梁山找宋江救援，决心回家起兵
桃花山
莱芜
鲁山
莱芜监
沂源
沂山
穆陵镇
孔亮去梁山找宋江救援
新泰
云云山
沂水
蒙阴
蒙山
苏村镇
莒县
毛阳镇
沂南
平邑
孔亮向梁山寻援路线
宋江人马攻打青州路线

经典名句

飞蛾投火身倾丧，怒鳖（biē）吞钩命必伤。

一事参差百事难，一人辛苦众人安。

使棍的闻名寰（huán）海，使鞭的声播天涯。

经典原文

宋江回到寨里坐，左右群刀手却把呼延灼推将过来。宋江见了，连忙起身，喝叫快解了绳索，亲自扶呼延灼上帐坐定，宋江拜见。呼延灼慌忙跪下道："义士何故如此？"宋江道："小可宋江，怎敢背负朝廷。盖①为官吏污滥（làn），威逼得紧，误犯大罪。因此权②借水泊里随时避难，只待朝廷赦罪招安。不想起动将军，致劳神力，实慕将军虎威。今者误有冒犯，切乞恕罪。"呼延灼道："呼延被擒之人，万死尚轻，义士何故重礼陪话？"宋江道："量宋江怎敢坏得将军性命。皇天可表寸心。"只是恳告哀求。呼延灼道："兄长尊意，莫非教呼延灼往东京告请招安，到山赦罪？"宋江道："将军如何去得！高太尉那厮是个心地匾（biǎn）窄之徒，忘人大恩，记人小过。将军折了许多军马钱粮，他如何不见你罪责？如今韩滔、彭玘、凌振已都在敝山入伙，倘蒙将军不弃山寨微贱，宋江情愿让位与将军。

注释：①盖：大概。②权：权宜，暂时。

课外试题

青州是在谁的带领下攻取的？

答案：宋江派花荣带领人攻上青州（注：原文为倒排文字）呼延灼。

第五十九回

借仪仗宋江破华州

点题

面对城坚墙厚的华州城,吴用还是利用宿太尉降香的机会把它拿下了。

众人回到梁山,晁盖、杨志、鲁智深、林冲都提起当年往事,感慨万千。鲁智深又说到史进现在和朱武、陈达、杨春在少华山,宋江就让武松和鲁智深去请他们四个来入伙。

鲁智深、武松离开梁山泊后,不久便来到华州华阴县界,径直奔向少华山。到了少华山,朱武、陈达、杨春把他们迎上山,却不见史进。朱武说史进现在被押在华州大牢。

原来,华州贺知府看上大名府画匠王义的女儿王娇枝,强抢为妾,还把王义刺配军州。王义路过少华山时,被史进拦下,问明情况。史进就去刺杀贺知府,却被抓住,押在大牢,朱武三人正在想办法营救。

鲁智深听后大怒,不顾劝阻,第二天一早就独自奔华州城去了。朱武马上派两个喽啰去华州打探消息。

鲁智深到了华州城,在去府衙的路上,正好遇见知府官轿,被贺知府看见。知府催轿快走,到了衙门,马上派人去请鲁智深到衙门。鲁智深艺高人胆大,就去了。

到了衙门,衙役让鲁智深解除禅杖和戒刀再去后堂。鲁智深照做,一进后堂,就被埋伏的几十人擒了。贺知府把鲁智深狠打一顿,打入死牢。

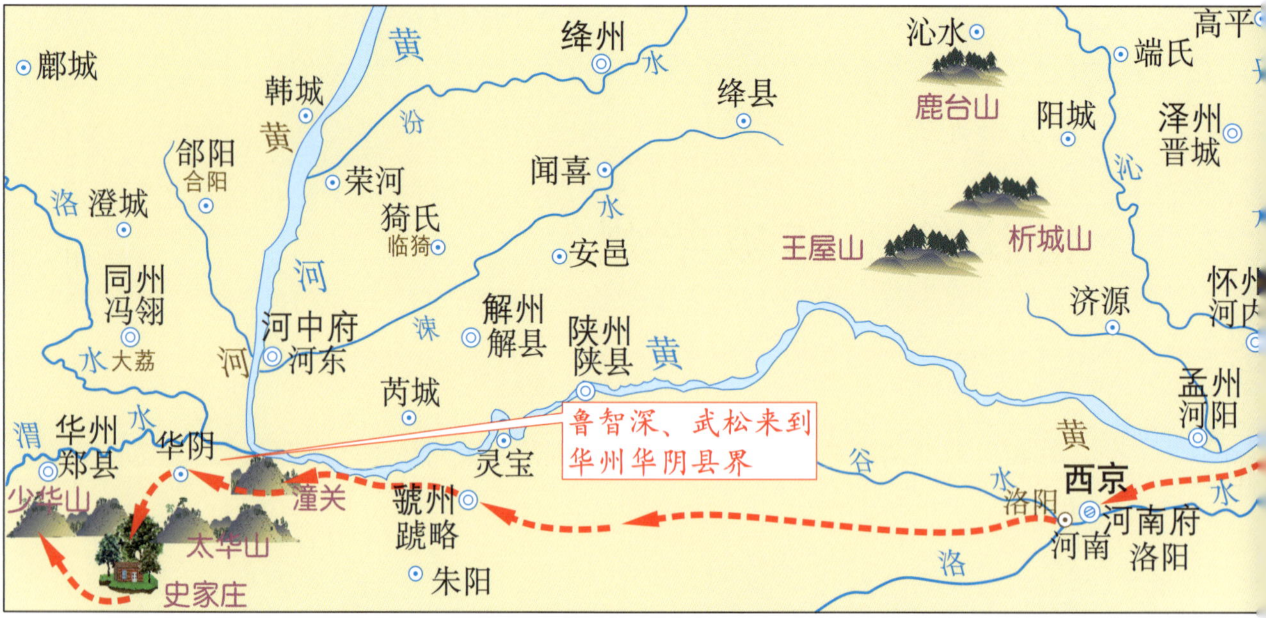

鄜城
韩城
绛州
沁水
高平
端氏
黄
汾
水
绛县
鹿台山
阳城
泽州
晋城
郃阳
合阳
荣河
闻喜
沁
洛
澄城
猗氏
临猗
安邑
王屋山
析城山
同州
冯翊
河
解州
解县
陕州
陕县
济源
怀州
河内
水
大荔
河中府
河东
涑
芮城
孟州
河阳
渭
华州
郑县
华阴
鲁智深、武松来到
华州华阴县界
灵宝
谷
西京
少华山
潼关
虢州
虢略
洛阳
河南
河南府
洛阳
太华山
朱阳
史家庄

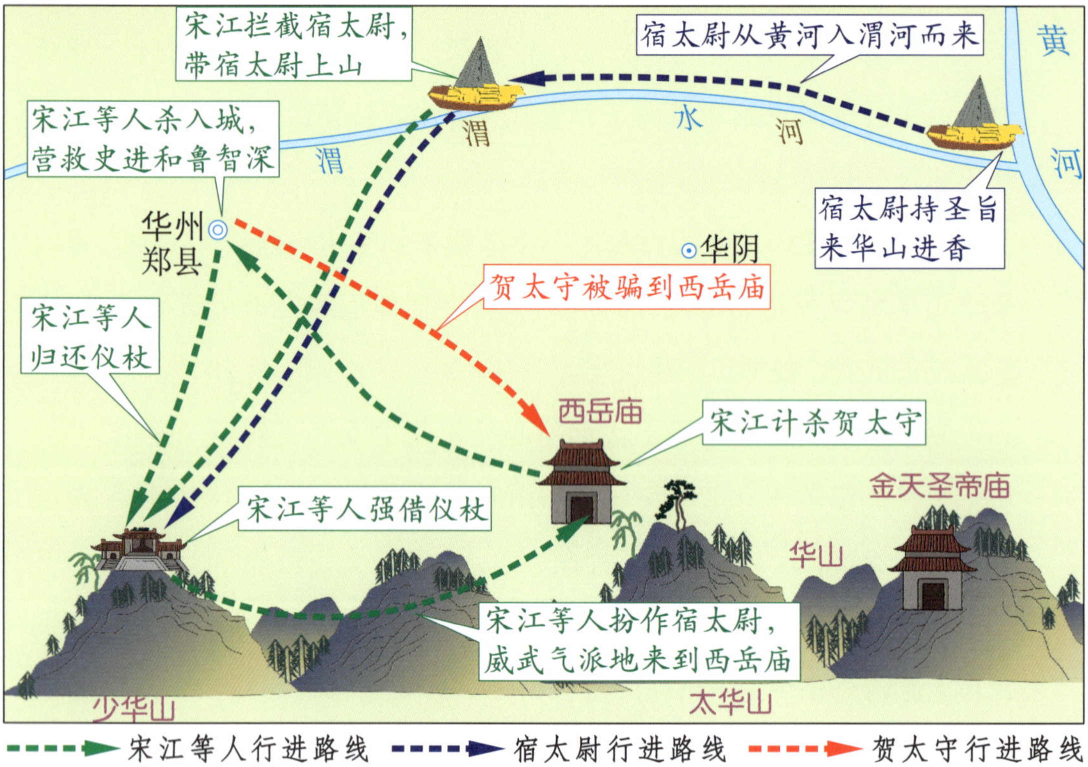

宋江拦截宿太尉，
带宿太尉上山
宿太尉从黄河入渭河而来
黄
宋江等人杀入城，
营救史进和鲁智深
渭
水
河
渭
河
华州
郑县
华阴
宿太尉持圣旨
来华山进香
贺太守被骗到西岳庙
宋江等人
归还仪杖
西岳庙
宋江计杀贺太守
金天圣帝庙
宋江等人强借仪杖
华山
宋江等人扮作宿太尉，
威武气派地来到西岳庙
少华山
太华山
宋江等人行进路线
宿太尉行进路线
贺太守行进路线

宋江借仪仗破华州示意图

武松得到消息，忙报告梁山。宋江点了花荣等十五名将官、七千人马，日夜兼程，直奔少华山。

来到少华山，宋江听了朱武对华州城的介绍，又实地看城，见城墙

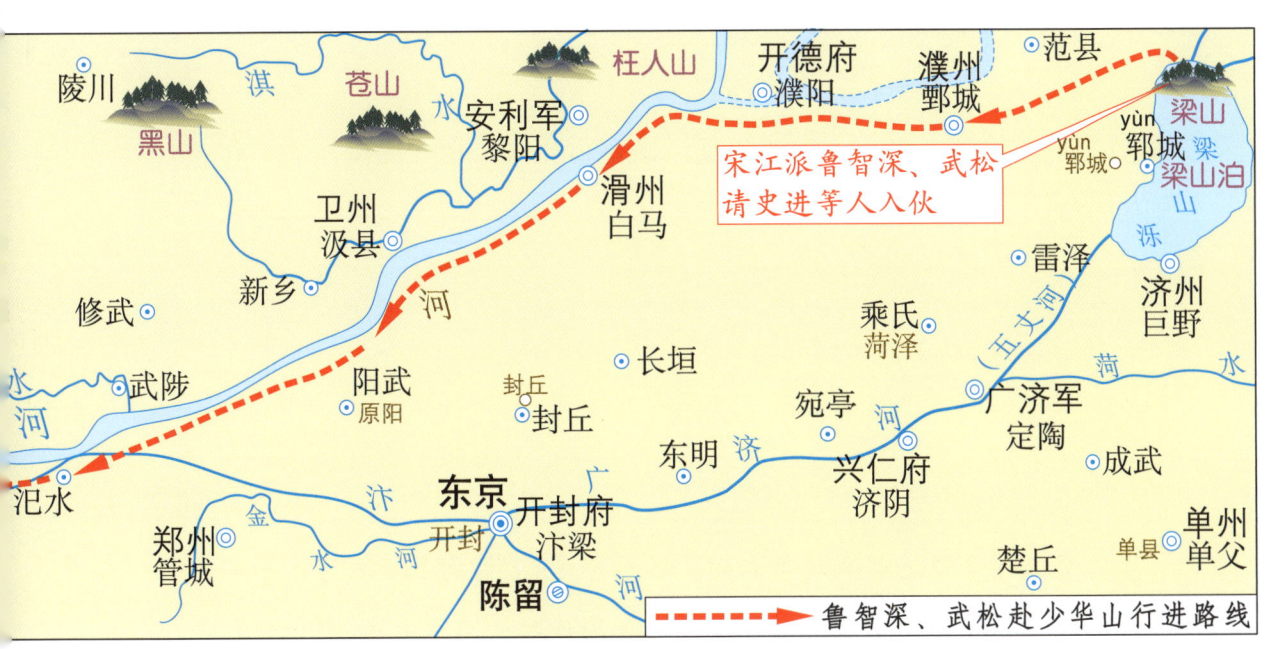

鲁智深、武松寻史进示意图

确实高耸，壕（háo）沟宽深，易守难攻，宋江一筹莫展。

这天，宋江正和吴用讨论，手下报告："朝廷派太尉宿元景，持御赐金铃吊挂来华山进香，已从黄河进入渭河。"吴用一听，说："有办法了。"说完，宋江等人便开始布置行动。

第二天上午，渭河渡口来了三只官船，船上的黄旗写着"钦奉圣旨西岳降香太尉宿元景"。官船开近，宋江拦住河道，登上官船参见宿太尉，说既为救兄弟，又为避免伤害无辜，特借仪仗一用，此时宿太尉不愿意也由不得他了。

宋江挑了一个人扮作宿太尉，宋江、吴用等扮作手下，一行人威武气派，浩浩荡荡地来到西岳庙码头，进了云台观。

贺知府听说朝廷钦差前来降香，带了三百卫士到庙里拜见。吴用说："钦差在此，闲杂人等不许靠前。"三百卫士只好停下，贺知府一人进去。进去后，还没等贺知府看清太尉面目，解珍、解宝一脚踢翻贺知府，割下头来。花荣、武松、石秀等人一齐动手，三百卫士全部被杀。

大家杀进城里，先从牢中救了史进、鲁智深，又打开府库，将钱粮尽数装车，回到少华山，归还仪仗，送走宿元景。宿太尉降了香，星夜赶回东京，报告朝廷。

经典名句 千古传名推华岳，万年香火祀（sì）金天。

经典原文 贺太守亲自进前来拜见太尉。客帐司道："太尉教请太守入来厮见①。"贺太守入到官厅前，望着假太尉便拜。吴学究道："太守你知罪么？"太守道："贺某不知太尉到来，伏乞恕罪。"吴学究道："太尉奉敕（chì）到此西岳降香，如何不来远接？"太守答道："不曾有近报到州，有失迎迓（yà）②。"吴学究喝声："拿下！"解珍、解宝弟兄两个身边早掣（chè）出短刀来，一脚把贺太守踢翻，便割了头。宋江喝道："兄弟们动手！"早把那跟来的人三百余个惊得呆了，正走不动。花荣等一发向前，把那一干人算子③般都倒在地下。有一半抢出，庙门下武松、石秀舞刀杀将入来，小喽啰四下赶杀，三百余人不剩一个回去。

注释：①厮见：互相见面。②迎迓：迎接。③算子：算盘珠子。

课外试题

史进为什么就去刺杀贺知府？

答案：贺知府强行霸占了画匠王义的女儿，并将王义遭配他州。史进知道后，在画匠王义遭配途中，杀死了押送王义的两个士兵，因此刺杀贺知府的。

120

第六十回

晁天王
发兵曾头市

人物	燕顺（地强星）
绰号	锦毛虎（梁山排名第50位）
性格	重情义
兵器	砍刀

点 题

从不出征的晁盖这次亲自领兵出战，没想到中箭身亡。

宋江又得少华山四个头领，回到梁山，众人相互拜见，筵（yán）席庆贺，好不热闹。

过了几天，有探子来报说："徐州沛县芒砀（dàng）山中聚集了一伙好汉，为首的叫樊（fán）瑞，号称'混世魔王'，能呼风唤雨，用兵如神；手下有两个副将，一个是'八臂哪吒'项充，擅长使用一杆枪和一面团牌，团牌上插着二十四把飞刀；另一个是'飞天大圣'李衮（gǔn）。兵卒绑了项充、李衮，宋江见了，亲自解绑，并说服二人归降梁山泊。二人随后上山也说服樊瑞归降，次日三人下山，一起拜见宋江，归顺梁山。

樊瑞、项充、李衮加入梁山，公孙胜收樊瑞为徒，传授天罡（gāng）五雷正法。

燕顺，原为清风山大寨主，后入伙梁山，担任马军小彪将兼远探出哨头领。

公孙胜芒砀山降魔示意图

没过几天，一个自称金毛犬段景住的人来到山寨，说是偷得大金国王子的一匹照夜玉狮子白马，准备送给宋江，半路却被曾头市曾家五虎抢走。宋江让戴宗去打听曾头市的情况。

四五天后，戴宗回来，说曾头市富豪曾弄，有五个儿子，号称曾家五虎：长子曾涂，二子曾密，三子曾索，四子曾魁，五子曾升。曾家又聘有教师史文恭、副教师苏定。曾家仗着人多势众，不把梁山放在眼里，扬言要捉尽梁山头领，那匹宝马现是史文恭坐骑。

晁盖大怒，不听宋江劝阻，亲自带了二十个头领、五千人马来打曾头市。

晁盖和众头领察看地势，遇上曾魁带领的七八百人赶来。林冲和他斗了二十来个回合，曾魁败退，林冲也不追赶。

第二天双方列阵。曾家教师史文恭居中，苏定和曾家五虎分列左右，还推出几辆囚（qiú）车。曾涂说："这囚车就是用来装你们上东京的。"晁盖

梁山周边形势

曹盖死后梁山新布局

- 王矮虎、一丈青、曹正把守左一个旱寨
- 朱武、陈达、杨春把守右一个旱寨
- 宋江、吴用、公孙胜、花荣、秦明、吕方、郭盛居于山顶寨内（忠义堂）
- 李应、徐宁、鲁智深、武松、杨志、马麟、施恩居前军寨
- 呼延灼、朱仝、戴宗、穆弘、李逵、欧鹏、穆春居右军寨
- 林冲、刘唐、史进、杨雄、石秀、杜迁、宋万居左军寨
- 项充、李衮把守第三关
- 柴进、孙立、黄信、韩滔、彭玘、邓飞、薛永居后军寨
- 李俊、阮小二、阮小五、阮小七、张横、张顺、童威、童猛居水军寨（水军寨）
- 解珍、解宝把守第二关
- 黄信、燕顺
- 童威、童猛把守（蓼儿洼）
- 雷横、樊瑞把守山前第一关
- 燕顺、郑天寿、孔明、孔亮把守金沙滩小寨（金沙滩）
- 李忠、周通、邹渊、邹润把守鸭嘴滩小寨（鸭嘴滩）
- 东港　西港
- 梁山泺（大野陂）
- 李立、时迁
- 孙新、顾大嫂
- 张青、孙二娘
- 朱贵、乐和

大怒，拍马挺枪，直奔曾涂。众将怕晁盖有失，一齐冲杀过去。曾家人边战边退入村里。林冲见道路复杂，掩护晁盖，收兵回营。

晁盖连续三天挑战，曾家人在曾头市闭门不出。第四天里，有两个和尚来见晁盖，说是村东法华寺的僧人，因为饱受曾家五虎欺压，愿意领路劫寨，去剿（jiǎo）灭他们。

林冲怀疑有诈，但两个和尚的花言巧语让晁盖决定当晚劫寨，派林冲领兵接应。

当晚，两个和尚领路，晁盖率人马跟随，去劫北寨。走了一会儿，两和尚不见了，晁盖忙命退兵，只听四下喊声震天，到处火把乱晃。

呼延灼舞动双鞭，晁盖率军随后往回撤。黑暗里乱箭齐飞，晁盖脸上中了一箭，栽下马来。呼延灼、燕顺两人拼死保护，刘唐、白胜救晁盖上马，杀到村口，林冲引军接住，混战到天亮，各自收兵。

众人来看晁盖，拔出箭来，箭上有毒，晁盖已昏迷。那箭杆上刻有"史文恭"三字。林冲忙取金枪药为晁盖敷（fū）了，把晁盖抬上车，让三阮、杜迁、宋万先护送回山，其余十五人等宋江的命令。

曾头市分兵五路冲杀过来，林冲等人无心再战，领兵后撤。曾家人马追来，梁山兵马且战且退，退回梁山。

晁盖回到梁山，昏迷不醒。这天晁盖半夜醒来，见宋江和众头领都围在床前，只说了句："谁捉了史文恭，谁是梁山之主。"说完，他便一命归阴。宋江放声大哭，命人在聚义厅正中设了晁盖灵位，供上那支箭，请来僧人追祭晁盖。众头领不顾宋江推辞，让宋江暂时坐了第一把交椅。

经典名句

国一日不可无君，家一日不可无主。

背后之言不可谗（chén），得饶人处且饶人。

经典原文

和尚道："便是曾家畜生薅（hāo）恼，不得已各自归俗去了。只有长老并几个侍者，自在塔院里居住。头领暂且屯住了人马，等更深些，小僧直引到那厮寨里。"晁盖道："他的寨在那里？"和尚道："他有四个寨栅，只是北寨里便是曾家弟兄屯军之处。若只打得那个寨子时，别的都不打紧，这三个寨便罢了。"晁盖道："那个时分可去？"和尚道："如今只是二更天气，再待三更时分，他无准备。"初时听得曾头市上整整齐齐打更鼓响，又听了半个更次，绝不闻更点之声。和尚道："军人想是已睡了，如今可去。"和尚当先引路。晁盖带同诸将上马，领兵离了法华寺。跟着和尚行不到五里多路，黑影处不见了两个僧人，前军不敢行动。看四边路杂难行，又不见有人家，军士却慌起来，报与晁盖知道。呼延灼便叫急回旧路。

注释：①不期：没想到。②将：这里指掩护。

课外试题

晁盖不听林冲劝阻，反映了他什么样的弱点？

答案：反映了他骄傲之气春种影响，固执己见，以及战斗中莽撞的弱点。

彭杞
韓滔

魏定國
單廷珪